KB183223

나는 파리의
한국문학 전도사

나는 파리의
한국문학 전도사

임영희 지음

자음과모음

차례

프롤로그 *007*

1장 파리에서 한국문학의 전도사가 되다

방황의 늪에서 길을 찾다 *013*

고배의 잔을 마시다 *017*

희망의 불씨 *018*

꿈을 향해 한 걸음 한 걸음 *022*

나를 도운 한 귀인 *026*

전업 번역가가 되기 위한 첫 행보 *032*

앵코럽티블 문학상과 프랑스 전국 순례 *035*

나를 행복하게 한 일들 *040*

필립 피키에 출판사의 한국문학 컬렉션을 맡다 *044*

논란 그리고 작은 승리감 *047*

지적인 비평이 아닌 이해관계에 얽힌 감정적인 비난 *061*

결국은 세계가 알아준 작품 *065*

카멜레온 문학상과 김탁환 작가와의 재회 *070*

옥세르 국제 도서전과 공지영 작가의 프랑스 방문 *075*

사엘라 만화 출판사와의 인연 *082*

몽펠리에 한국문화 축제 *087*

방탄소년단과 아미와의 인연 *096*

한국문화, 프랑스를 물들이다 *102*

2장 운명의 방향

박사학위 *111*

첫사랑과 프랑스 *118*

절망 속에서 울린 한 통의 전화 *122*

첫 강의에서 겪은 신선한 충격 *127*

불만족스러운 안일함인가 위험을 무릅쓴 전진인가! *132*

프랑스 대학의 발견 *135*

살아 숨 쉬는 지식 유한한 생명을 지닌 지식 *142*

언어장벽과 끝없는 시행착오 *145*

세미나와 우울한 나날들 *159*

높디높은 분석의 담을 넘어 *164*

또 다른 벼랑 앞에 서다 *168*

3장 한국문학 번역가의 일상과 과제: 현재와 미래

프랑스의 한국문학 현장 *181*

한국인을 주인공으로 다루는 프랑스 작가들의 등장 *185*

번역의 난제들 *188*

기쁨과 실망감 *192*

한국문학 번역가를 꿈꾸는 이들에게 *196*

아동문학 작가의 길 *202*

작가라서 행복한 나날들 *206*

나의 아늑한 보금자리와 번역가의 일상 *215*

혼자만의 시간, 그리고 친구들과의 시간 *220*

에필로그 *226*

프롤로그

1999년 6월, 나의 첫 번역작인 조정래 작가의 소설집 『유형의 땅』의 증정본을 받던 날 감개무량해하던 모습이 떠오른다. 정말이지 만감이 교차하는 순간이었다. 드디어 해냈다는 승리감, 주어진 운명에 대한 복종이 아니라 그 운명을 조종하는 주인으로서 원하는 바를 얻었다는 쟁취감, 경험해본 적 없이 생판 모르는 문학번역의 세계에 뛰어들어 쉽지만은 않은 번역 작업을 끝까지 해내고, 당시만 해도 한국문학이 거의 알려지지 않은 프랑스에서 출간까지 해냈다는 성취감과 뿌듯한 자부심, 여기까지 오기 위해 감수해야 했던 많은 마음고생과 노력들이 헛되지 않았다는 보람…… 전업 문학번역가의 길이 산 너머 또 산을 넘어야 하는 것처럼 끊임없는 장애물을 극복해야 하는 멀고도 힘든 길이라는 것을 그 순간만큼은 잠시 잊은 채, 마치 내가 어엿한 번역가라도 된 듯, 이제부터는 앞길이 훤하게 열릴 것만 같은 조금은 순진하고 낙관적인 희망에 사로잡혀 온몸에서 솟아나는 기쁨을 만끽했더랬다.

프랑스에 정착한 지 어느덧 30년이 훌쩍 넘었다. 이제 프랑스에서 산 햇수가 한국에서 산 햇수보다 많아지고 있으니 나는 거의 프랑스인이 다 된 셈이다. 파리 생활 36년 중 거의 20년을 넘게 한국문학 번역 활동에 할애해왔기에, 이제는 프랑스 출판계에서 어엿한 한국문학의 전도사로 자리를 굳건히 잡았다고 해도 과언이 아니다.

지난 20여 년간 나는 한국 유수 작가들의 소설은 물론, 아동용 그림책 및 청소년소설과 만화 들을 쉬지 않고 꾸준히 번역해왔다. 그 결과 내 손을 거쳐 프랑스에 출판된 한국 작품은 250여 종에 달한다. 번역된 작품 중에는 별로 빛을 보지 못하고 사라진 작품도 있지만 그래도 상당수가 한국문학이 프랑스 도서 시장을 뚫고 한자리를 차지하는 데 기여했다고 자부할 수 있다.

나는 어떻게 프랑스에서 한국문학을 알리는 전도사가 되었는가? 여기까지 오는 길은 결코 쉽지 않았다. 인생은 원하는 대로 살아지지 않는다고 누군가가 말했듯이, 이 길은 내가 전혀 의도하지 않은 길이었다. 애초에 문학도가 아니라 교육학도였고, 교육학도로서의 내 꿈은 프랑스에서 박사학위를 받아 모국으로 돌아가 교편을 잡는 것이었다. 그러나 운명은 내 의지와는 전혀 다른 방향으로 나를 끌고 갔다. 아니다. 나 스스로 상황에 맞추어 의지를 바꾸고 운명을 손에 거머쥐고 그 행로를 바꾼 것이다. 그리고 나는 그것을 결코 후회하지 않으며 오히려 감사와 행복을 느낀다.

한 사람의 직업적인 행보와 그의 사생활은 동전의 양면과 같이 서로 분리되어 존재할 수 없는 관계다. 따라서 이 이야기는 꿈을 향해 나아가는 나의 직업적 행로와 아픔을 딛고 일어서는 개인사의 일부가 씨줄과 날줄처럼 서로 엇갈리며 짜여 있다.

1장.

파리에서

한국문학의

전도사가 되다

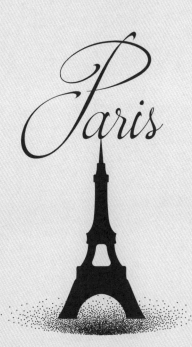

방황의 늪에서
길을 찾다

폐 염증 진단을 받고 6개월간의 항생제 복용이 막 끝나가던 1996년이었다. 마침 여름휴가철이라 가족과 함께 3주간 브르타뉴 지방의 아름다운 해변으로 휴가를 떠났다. 내 육체와 마음의 병을 깨끗이 씻어낼 요량으로. 당시 나는 교육학 박사학위증을 갖고 있었고, 직업을 찾지 못한 상황이었다. 프랑스의 직업시장 벽은 가혹했다. 햇볕이 쨍쨍 내리쬐는 뜨거운 모래사장 위에 누워 그리고 해질 무렵 한산해진 해변을 거닐며 이런저런 생각을 했다. 그것은 전공인 교육학도의 길을 포기한 내 미래에 새로운 의미를 부여하는 작업이었다. 프랑스에 사는 한국인으로서 나는 무엇을 할 수 있을까? 어떤 일에 전부를 바치고 또한 거기서 어떤 보람과 의미를 느낄 것인가? 나는 바닷가를 거닐면서 주로 이런 질문에 답을 찾으려 애썼다. 결국 언은 결론은 한국과 프랑스를 이어주는 다리 역할, 특히 그때 당시에는 거의 알려지지 못한 한국을 프랑스에 알리는 데 기여하자는 것이었다.

다행히도 의사가 처방해준 약의 효과로 육체는 점차 회복의 기미를 보였고 내 정신도 거세고 힘찬 파도처럼 보다 단단하게 단련되어가는 듯했다. 찬란한 햇빛과 소금기를 머금은 바다 공기를 마시며 나는 점차 생의 향기를 느끼기 시작했다.

파리에 돌아온 나는 결심을 실행에 옮기기 위해 열심히 뛰어다녔다. 한국 사람들을 만나 한-프랑스 문화 교류 사업을 논했고 한국어를 배우고자 하는 프랑스인들에게 한국어를 가르치는 작업 등에 관심을 가졌다. 또한 한국 기업들과 거래하는 프랑스 기업들에 편지를 보내 통역 문제를 알아보기도 했다. 그 결과 얼마간 나는 다소 분주해졌다. 프랑스 언어교육 기관에 초빙 강사로 채용되어 한국에 파견되는 프랑스 직원들에게 한국어를 가르치기도 했고, 프랑스 교민 자녀들을 위한 보충학습 프로그램을 만들어 시행하기도 했으며, 드물긴 했지만 간간이 통역도 했다.

애석하게도 이러한 분주함은 얼마 지속되지 못했다. 보충학습 프로그램은 함께 조직한 사람들 간의 알력과 갈등으로 흐지부지되었고, 한국어를 배우고자 하는 프랑스인도 지극히 제한적이어서 다음 후보자가 나타나질 않았다. 설상가상으로 1997년 초부터 시작된 한국의 외환위기가 점점 심화되어, 미약했던 한-프랑스간의 사업들이 한층 줄어드는 판이었다. 그나마 간간이 프랑스 기업과 명맥을 잇고 있던 한국 기업과 많은 현지 지사 들이 거의 철수해가는 모양이었고 더불어 많은 상사 직원 및 교민, 유학생 들이 귀국 짐을 쌌다. 이미 빈약했던 파리 교민 사회는 더욱더 썰렁함만이 감돌았다.

나는 얼마간 허탈감에 빠졌다. 그러나 그 허탈감이 깊어져 또다시 방황의 늪으로 빠져들지 않기 위해 '하늘이 무너져도 솟아날 구멍이 있다는데'라고 스스로를 격려하며 추스르려고 노력했다.

IMF 한파에도 불구하고 한국을 프랑스에 알리는 데 기여하고자 하는 뜻을 여전히 버리지 못한 채, 나는 한국과 연결되는 다방면의 정보에 관심을 기울이고 있었다. 그러던 어느 날, 우연히 한 한인 동포 신문에서 내 마음을 사로잡는 공고를 발견하게 되었다. 대산문화재단이 한국문학 작품의 외국어 번역 지원을 공모한다는 내용이었다.

학위논문을 마친 후, 나는 그동안 밀쳐두었던 한국 인문과학 및 문학작품 들을 시간 날 때마다 틈틈이 읽으면서 이 책들을 프랑스에 한번 소개해봤으면 하는 막연한 소망을 마음에 품고 있었다. 그러나 어떻게? 프랑스 출판계와 전혀 인연이 없는 내겐 도무지 출구가 보이지 않는 너무도 막막하기만 한 길이었다. 그런 내게 그 공고는 어두운 길을 반짝 밝혀주는 한 가닥 빛줄기와도 같았고, 한번 도전해보고 싶었다.

비록 내가 박사학위를 받은 전공과 직결된 것은 아니지만 지금껏 읽고 쌓아온 인문학 지식이나 프랑스어 능력을 유용하게 활용할 수 있는 길인 것 같았다. 한국을 프랑스에 알리는 여러 가지 방법들이 있지만 작품을 번역해 소개하는 것이 다른 그 무엇보다도 의미 있는 것처럼 보였다. 그동안 나의 여러 시도들이 별로 신통치 않았기에 더욱 그랬다. 이렇게 나의 관심은 점차 문학 번역가의 길로 쏠리기 시작했다.

고배의 잔을 마시다

나는 대산문화재단에 제출할 서류를 준비하기 위해 우선 공동 번역자를 백방으로 찾았다. 그러던 중 지인을 통해 프랑스의 한 젊은 작가를 알게 되었고, 번역할 작품도 선정했다. 이어 샘플을 번역하고 모든 서류를 완벽하게 갖추어 서울로 보냈다. 첫 번역이자 첫 시도였기에 꽤 많은 공을 들인 터였다. 그리고 약 석 달을 초조하게 기다렸다. 불안한 마음이 없었던 것은 아니지만, 왠지 날이 갈수록 점점 기대가 커졌다. 원래 아무것도 모르면 용기가 백배해진다고 하듯이, 나 역시 그랬던 것 같다. 그 방면에서 나보다 훨씬 유력한 응모자들이 많을 것이라는 점이나 이제 막 첫 발을 내디딘 애송이 초보자인 내 번역 능력의 한계 등은 전혀 고려하지 않은 채 무턱대고 분명 지원을 받을 수 있을 것이라는 확신을 가졌다.

그러나 그토록 컸던 기대와 희망은 곧 좌절의 폭풍이 되어 내 마음을 후려쳤다. 낙선을 통보받고 나서야 비로소 내 번역 능력에 의문을 갖기 시작했다. 아무리 1000페이지 이상의 학위논문을 썼다 하더라도, 아무리 프랑스 원어민 작가의 도움을 받았다 하더라도, 번역을 전공하지도 않았고 생전 처음 도전했던 나의 실력이 역시 부족했던 건가? 그렇다면 번역의 길 또한 포기해야 한단 말인가? 이 길마저 그만두면 또 어떤 길을 찾아 헤매야 한단 말인가? 정말이지 '산 넘어 산'이라는 말을 절감하지 않을 수 없었다.

희망의 불씨

대산문화재단에 응시한 첫 번역 지원 낙방 소식에 망연자실해서 나는 한동안 문학 번역가의 길에 회의를 품고 있었다. 들려오는 소문에 따르면, 대산문화재단이나 기타 한국 재단에서 지원을 받으려면 현직 유명 교수의 이름이나 유력한 집단의 이름으로 응모를 해야 가능성이 있지, 힘없고 알려지지 않은 일반 개인은 지원받기가 하늘에 별 따기보다도 힘들다는 것이었다. 그래서 실제로 어떤 이들은 명성 있는 교수의 이름을 빌려 그와 공역인 것처럼 서류를 꾸며 제출하는 경우도 있다고 했다. 그렇다면 단순히 내 능력만의 문제는 아니지 않은가? 힘없고 아무런 인맥도 없는 내가 지원을 받는다는 것은 낙타가 바늘구멍에 들어가기보다 어렵지 않은가? 나는 수없이 고민하고 자문하지 않을 수 없었다. 모처럼 찾은, 열정을 바쳐 할 수 있겠다고 생각한 그 길을 쉽게 놓아버리기에는 너무도 많은 미련이 있었기 때문이었다. 무엇이든 첫 술에 배부를 수가 있겠는가, 라는 생각에 나는 결국 포기하지 않는 길을 택했다.

1997년 여름, 가족과 함께 한국에 방문했다. 그때 한국의 인문과학 및 문학 도서의 외국어 번역을 지원해줄 만한 몇몇 재단의 문을 두드려보았다. 그러나 나의 전화에 거의가 부정적인 대답이나 심드렁한 반응을 보였을 뿐이었고, 단 한 곳만이 희망을 주었다. 바로 직접 찾아가 본 문예진흥원이었다. 인문과학 서적의 번역 지원은 전례가 없기 때문에 어렵지만 얼마 전부터 문학 부문 번역 지원은 매년 꾸준히 해오고 있는 터이니 지원 서류를 내보라고 했다.

내게는 너무도 반가운 소식이 아닐 수가 없었다. 그러나 들은 소문도 있고 해서 지원 가능성에 대해 여전히 마음이 놓이지 않았던 터라, 나를 친절히 맞아준 문예진흥원 직원에게 '순진한' 근심을 피력했다. 나는 외국에서 박사학위를 취득했을 뿐, 한국의 대학에서 근무하는 이름난

교수도 아니요 한국의 유력한 학술 집단이나 문예 집단에 소속되지도 않은 일개 무명일 뿐인데, 그래도 지원받을 가능성이 있느냐는 질문에, 직원은 빙긋이 웃음을 지으며 그런 점은 너무 걱정하지 말라며 하여튼 지원 기간에 신청을 해보라는 것이었다.

그 직원의 미소는 무엇을 의미했던 것일까? 항간에 떠도는 소문들을 곧이곧대로 믿고 한국 사회를 그런 식으로 단순히 매도해버린 나의 순진함과 어리석음을 비웃었던 것일까? 아니면 이제 더 이상 그런 사회가 아닌, 변화와 발전을 거듭한 한국 사회의 실정을 전혀 모르는 나의 무지가 너무도 어이없었던 것일까?

어쨌든 문예진흥원을 나오면서 한 가닥 희망의 빛줄기를 잡은 듯한 뿌듯한 마음을 가졌다. 내가 일찍이 경험했던 '하늘이 무너져도 솟아날 구멍이 있다'는 격언이 다시 생각났다. 아무리 불가능해 보이고 막막해 보이기만 하는 어려운 상황 속에서도 추구하는 바를 열심히 찾기만 하면 언젠가는 그 가능성의 빛줄기가 눈에 보인다는 것은 과연 진리일까? 그런 일이 내게 또다시 찾아올까?

그러나 '열심히 찾았는데도 끝내 보이지 않더라'라고 반박할 사람들도 얼마나 많을 것인가. 1997년에도 그랬지만, 지금의 세계시장은 너무도 복잡 미묘한 변수들이 작용하기 때문에 노력으로 성공할 확률은 점차 낮아지고 있다. 즉 우리는 이제 '무조건 하면 된다'의 시대를 지나 '해도 되지 않을 수 있다'는 시대에 살고 있다. 그만큼 우리가 부딪힐 좌절의 벽은 점점 더 높아지고 두터워져가기만 한다. 옛날의 진리가 이제 더 이상 진리로 통하지 않는 모호하고 불확실하기 짝이 없는 시대에 살고 있는 것이다.

그해 한국 방문을 마치고 파리로 돌아온 지 약 두 달이 지난 10월 중순에, 문예진흥원에서 약속대로 번역 지원 서류를 보내왔다. 나는 조정래 작가의 소설집 『유형의 땅』을 번역 작품으로 선택했고 모든 서류를 갖추어 서울로 보냈다. 그러나 얼마 안 가 그해 12월 초, IMF 긴급 금융 구제 지원을 받아야 하는 심각한 사태가 한국을 강타했다. 한국이라는 나라 전체가 빚더미에 올라앉아 위기일발의 상황에 처해 있다는 너무도 슬픈 소식이 전해졌다. 내 마음은 몹시도 착잡했다. 어려운 상황에서 고생할 한국의 가족과 동포들……. 그리고 모처럼 내 어두운 마음에 작은 희망의 불씨를 키우게 했던 문예진흥원 번역 지원 건도 수포로 돌아갈 것 같았다.

해가 바뀌고 두 달째 접어들었다. 번역 지원 심사 결과 날짜가 훨씬 지났음에도 한국에서는 아무런 소식이 없었다. 마음 한구석으로는 이미 포기했지만, 또 하나의 마음은 자꾸만 애타게 그 소식을 기다리고 있었다. 그러던 어느 날, 한국으로부터 걸려온 한 통의 전화를 받았다. IMF의 한파로 인해 지원 건을 대폭 줄였음에도 내가 선택한 작품이 번역 지원 대상으로 선정되었다는 소식이었다. 아, 날아갈 듯이 기뻤던 그때의 내 마음을 어떻게 표현할 수가 있을까? 이제 더 이상 아무것도 두렵고 무서울 게 없을 것만 같이 저절로 힘이 솟구치고 용기가 났다. 절망의 낭떠러지에서 허덕였던 만큼 그 기쁨은 배가했다.

이렇게 해서 나는 한국문학 번역의 길에 첫 발을 내디뎠다. 비록 내 전공은 아니었지만, 그토록 원했던 길이었기에 사명감을 가지고 첫 번역 작업에 임했다.

꿈을 향해
한 걸음 한 걸음

문예진흥원의 지원을 받아 조정래 작가의 소설집 『유형의 땅』을 번역하고 난 1999년, 또 하나의 높은 장애물이

나를 기다리고 있었다. 바로 번역한 작품을 출간해줄 프랑스 출판사를 찾는 일이었다. 당시 나는 프랑스 출판계에 아는 사람이 전혀 없었고 또한 이 출판 세계의 생리에도 문외한이었다. 한국 작품을 출간했다는 몇 안 되는 출판사들에 원고를 보내 봤으나 묵묵부답이었다. 어떻게 해서든 프랑스 출판사를 찾아야 하는데……. 그렇지 못하면 번역을 해본들 무슨 소용이 있으랴. 한참 실의에 빠져 있다가 마침 조 작가의 『불놀이』 및 대하소설 『태백산맥』을 출간해낸 번역가를 우연히 만나게 되었고, 그녀의 소개로 아르마탕 출판사L'Harmattan를 알게 되어 원고를 넘겼는데 흔쾌히 출간해주겠다고 해서 얼마나 기뻤는지 모른다.

이것이 프랑스에서의 첫 출판 경험인 만큼, 당시에는 번역 계약서를 꼼꼼히 살피지도 않았고 번역가 저작권료 퍼센티지나 기타 디테일한 사항들에는 관심조차 없었다. 여러 출판사들의 문을 두드려본 결과 프랑스에서 한국문학에 대한 인지도가 아주 낮다는 사실을 실감했기 때문에, 그저 출판해주는 것만으로도 감지덕지해야 했다.

첫 작품의 번역과 출간을 무사히 마치고서, 차기작으로 황석영 작가의 작품을 선택했다. 늘 관심을 가지고 있던 작가일 뿐만 아니라, 첫 시도에서 실패했던 경험을 만회하고 싶었기 때문이었다. 처음 선택했던 단편집은 놓아두고 이번에는 중단편집을 골랐다. 나는 샘플을 번역하고 만반의 서류를 갖추어 한국문학번역금고(현 한국문학번역원)에 보냈다. 그러나 될지 안 될지도 모르는 프로젝트의 결과를 마냥 기다리고만 있을 수는 없어서 뭔가 할 일을 찾아 이리저리 정보를 찾는 과정에서 파리에 있는 한국인 지식인들의 모임에 참여하게 되었다. 그 모임에서 나는 재외동포재단에 보낼 유럽 한인사 계획안을 짜느라 한동안 분주히 시간을 보냈다.

그러던 어느 날, 서울에서 전화 한 통이 걸려왔다. 다름 아닌 문학번역금고에서였는데, 내가 선택한 작품이 다른 후보자의 지원 작품과 중복되니 같은 작가의 다른 작품을 번역해보지 않겠냐고 권유했다. 이것은 곧 번역 지원을 해주겠다는 소식이어서 뛸 듯이 기뻤고 그 제의를 흔쾌히 받아들였다. 그리고 빠른 시일 내 황석영 작가의 여러 작품들 중 번역할 작품을 선택해 알려드리겠다고 했다. 이렇게 해서 내가 두 번째로 번역한 작품이 황 작가의 『무기의 그늘』이었다. 상·하권으로 된 700페이지가 넘는 방대한 소설이었다. 베트남전쟁에 파견된 한국인을 주인공으로 하는 이 소설은 전쟁 이면에 펼쳐지는 암시장과 가혹한 경제 전쟁을 파헤치며 이념의 대립과 갈등을 다루고 있었다. 한때 프랑스의 식민지였던 베트남, 정치적인 이유로 그 나라를 떠난 많은 보트피플이 프랑스에 정착해 살고 있었기에 베트남을 마치 이웃사촌 나라쯤으로 생각하는 프랑스 독자들에게 이 전쟁 이야기가 흥미롭게 다가갈 수 있을 거라 생각했다. 2000년도는 인터넷이 아직 활발하지 않은 상황이라 많은 정보들을 일일이 사전이나 백과사전 등을 통해 검토해야 했기 때문에 이 방대한 분량의 소설을 번역하는 데 많은 시간과 각고의 노력이 필요했다.

두 번째로 번역 작업에 임하면서 번역가라는 직업이 내게 잘 맞는다는 생각이 더욱 확고해졌다. 또한 한국문학 번역을 통해 한국을 프랑스에 알리는 데 일부나마 기여한다는 점에서 뿌듯한 자부심과 보람을 느꼈으니 금상첨화였다. 그런 만큼 그 일을 사랑했고 거기에 열정을 쏟아부었다. 그것은 다름 아닌 행복이었다.

더구나 이 두 번째 작품은 프랑스 출판사를 찾기 위해서 애써 노력할 필요도 없었다. 왜냐면 번역이 끝나갈 무렵, 어느 한-프랑스 커플 번역가의 노력으로 황석영 작가의 작품들 및 기타 한국문학 작품들을 본격적으로 출간하기 시작한 쥘마 출판사 Éditions Zulma에서 먼저 연락이 왔기 때문이다. 그 출판사는 『무기의 그늘』 출간에 큰 관심이 있으니 원고가 끝나는 대로 보내주면 고맙겠다고 했다. 나로서야 너무도 반가운 소식이었기에 흔쾌히 승낙했다.

2003년 4월, 드디어 책이 출간되고 황 작가가 프랑스에 초대되어 라디오 및 여러 매체와 인터뷰를 하는 등 관심을 끌었을 때는 정말 기쁘고 보람이 있었다. 이와 거의 같은 시기에 재외동포재단으로부터 지원을 받아 그룹으로 작성한 유럽 한인사도 출간되어 반가움을 더했다.

나를 도운 한 귀인

나는 몇 년간 두 권의 문학작품 번역과 유럽 한인사를 쓰고 출간하는 데 보내면서 다소 즐겁고 바쁜 삶을 살았다. 문제는 그다음이었다. 두 번째 작품 번역을 끝내고 또다시 서류를 준비해 번역원에도 보내보고 대산문화재단에도 보내봤지만 매번 선정되는 행운을 누릴 수가 없었다. 연간 지원 건수가 제한되어 있고 후보자는 많고……. 그리고 사실 1년에 한 작품씩 지원받는다고 해도 이걸 직업으로 삼아 생활하기는 역부족이었는데, 하물며 2년 또는 3년에 한 작품을, 그것도 지원받을까 말까 한 상황이니 또다시 직업적 진로에 대해 회의하지 않을 수가 없었다. 아무리 일이 마음에 든다고 해도 이걸 전업으로 삼을 수 있는 가능성이 희박한 상황에서 이 길을 계속 고집해야 할 것인지, 아니면 모든 걸 접고 완전히 다른 길을 찾아야 할 것인지를 두고 고민했다. 번역을 놓지 않고 파트타임으로 일할 수 있는 직장을 찾아봤지만 그것도 쉽지 않았다. 더구나 내게는 돌봐야 하는 어린 딸아이가 있었다. 남편은 출장이 잦은 직업을 가졌고, 따라서 아이의 육아는 전적으로 내 책임이었다. 정말이지 삶은 풀어야 하는 문제들의 연속이었다.

미래가 막막해서 깊은 시름에 빠져 있을 때 도움의 손길이 나타났다. 그 괴짜 귀인은 후배의 박사학위논문 발표에서 만났다. 그는 나를 처음 보는데도 마치 우리가 오래전부터 알고 지낸 사이처럼 많은 말을 쏟아냈다. 그는 연변에서 온 조선족이라고 자기를 소개했고 할아버지의 어깨너머로 배운 한의학으로 파리의 한인 및 프랑스인 들을 치료해주고 있다고 했다. 특히 고치기 어려운 만성병들을 기 마사지와 중국에서 가지고 온 한약재로 치료한다고 하면서 주변에 그런 분들이 있으면 소개해달라고 했다. 그의 말에는 약간의 허풍도 섞여 있었지만 실제로도 아는 것이 많아 꽤 박식해 보였다. 한마디로 말해 쏙 괴싸 도사처럼 행동했다.

내가 사는 건물 위층에는 아주 친절한 노부부가 있었는데 그 부인이 오래전부터 당뇨병으로 고생하고 있었다. 그 괴짜 귀인이 만성병으로 고생하는 사람들을 소개해달라고 했을 때, 왠지 모르게 나는 그 노부인을 떠올리면서 당뇨병도 치료 가능하냐고 물었다. 그는 물론이라고 호언장담을 했고, 그렇게 해서 나는 그를 노부부에게 소개하기에 이르렀다.

그는 여러 차례 노부부를 방문했는데, 그가 프랑스어를 못 하는 관계로 내가 매번 통역을 도와주었다. 친절하고 마음이 너그러운 노부부는 매우 만족해하며 올 때마다 진료비를 넉넉하게 챙겨주었다. 마지막으로 방문하는 날, 그는 통역을 도와줘서 정말 고맙다며 내게도 건강이나 기타 문제가 있으면 말해보라고 했다. 나는 그를 우리 집으로 안내해 차 한 잔을 대접하며 당시에 고심하고 있던 직업적 진로의 막막함과 이로 인해 더욱 가중된 고질적인 불면증 문제를 털어놓았다. 내가 계속 번역의 길을 가야 할지 아니면 새로운 길을 모색해야 할지 망설이고 있다고 했다.

그는 한참 동안 나를 지그시 꿰뚫어 보더니 자신은 주역도 좀 공부했다면서 먼저 생년월일과 한자 이름을 물었다. 그리고 내게 주사위 세 개를 주고는 소원을 머릿속으로 기원하면서 주사위를 세 번 던져 보라고 했다. 나는 별생각 없이 시키는 대로 했다. 그는 나의 괘를 보더니 바로 결론부터 말했다.

"가던 길을 계속 가세요. 반드시 빛을 볼 날이 올 거요."

이어지는 설명에 따르면, 나의 괘에서 큰 호랑이 한 마리가 깊은 웅덩이에 빠져 있는 것이 보이는데, 이 호랑이가 거기서 빠져나오지 못하면 길을 바꾸라고 충고하겠지만, 언젠가 이 호랑이가 웅덩이에서 나와 크게 포효하는 것이 보인다고 했다. 그러니 나더러 계속 번역가의 길을 가면 언젠가는 삶의 매듭이 풀릴 날이 올 것이라고 했다.

불면증과 관련해서는 생년월일과 한자 이름을 풀이해 보더니, 양쪽 다 에너지가 너무 강해 불균형을 이루니 이 중 하나의 에너지를 낮추어 조화를 이루면 나아질 거라고 했다. 생년월일은 바꾸지 못하니 이름을 바꾸어야 한다는 이야기인데, 내 이름은 수풀 림林 에 꽃부리 영英 자와 빛날 희熙 자, 즉 '숲 속의 빛나는 꽃'이라는 의미로 내가 봐도 너무 좋지만 강했다. 그래서 그와 나는 머리를 맞대고 좀 더 소박하고 겸손하며 한자 부수도 기장 적은 이름 두 자를 짜냈다. 그것이 바로 '소이', 즉 작을 '소小' 자와 두 '이二' 자였다. 내가 우리 형제 중 둘째이니 굳이 해석하자면 '두 번째 작은 아이' 정도 되겠다. 나의 행정 이름은 어차피 바꿀 수가 없으니 스스로 내 이름은 임소이다, 라고 반복해서 쓰고 부르고 또 모든 친구들이나 주변인들에게 그렇게 부르게 하면 그 에너지가 나에게로 모인다고 했다.

그는 이런 주역 괘는 자신이 볼 때 주로 인복이 있는 사람들에게 한해서 봐준다고 했다. 그의 눈에 나는 타인들로 하여금 나를 도와주고 싶어 하는 마음이 생기게 하는 뭔가가 있다고 했다. 첫눈에 그것을 감지했다고. 그래서였던가? 나를 처음 보자마자 마치 오랜 지인이었던 것처럼 많은 말을 쏟아냈던 것은?

그의 말대로 나는 인복이 많은 사람이었다. 내가 어려움에 처했을 때마다 도움의 손길을 주었던 사람들, 그도 그중 하나였다. 그 괴짜 도사의 형형한 눈빛은 확실히 사람을 꿰뚫어 보는 마력을 지니고 있었다.

솔직히 말해, 나는 평소에 이런 신비주의적인 세계를 미신으로 치부해버리곤 했는데, 당시에는 앞날에 대한 절망과 불면증으로 인한 고통이 너무 심해서 지푸라기라도 잡고 싶은 심정이었다. 그래서 나는 그의 말을 믿기로 결심했다. 그의 말을 나의 삶을 획기적으로 바꾸는 계기로 삼기로 결심했다. 더 이상 직업적 진로에 회의하지 않고 꾸준히 밀고 나가기로. 그리고 주변 사람들에게 나를 영희가 아닌 소이로 불러달라고 했다. 어차피 모든 게 마음가짐에 달렸고 그것이 진리냐 아니냐의 여부와 상관없이 강하게 믿으면 나의 뇌에도 영향을 미치리라 생각했다.

불면증 치료를 위해 이름을 바꾸는 것 이외에도 그 귀인은 3주 분의 탕약을 주었고, 그의 지시대로 그것을 정성스럽게 달여서 먹으니 이상하게도 잠이 잘 오고 불면증이 사라진 것 같기도 했다. 적어도 캐나다로 가족여행을 떠나기 전의 3개월간은 그랬다. 캐나다에 가서 시차로 인해 잠 시간이 바뀌면서 다시 불면의 고통이 찾아왔고, 여행을 마치고 파리로 돌아와서도 불면은 여전히 떠나지 않았다. 점점 더 견디기 힘들어져 그 괴짜 도사를 다시 찾았고, 그는 내게 다시 3주 분의 탕약을 지어주면서 잘 듣지 않으면 언제라도 다시 연락하라고 했다.

탕약과 개명의 효과 덕분인지는 모르겠지만, 그 이후 불면증 증세는 많이 약해진 것 같았다. 여전히 주기적으로 찾아오긴 했지만 3수 내내 삼을 못 자는 힘싱은 시리졌다. 2, 3일간 잠 못 이루는 밤들은 견딜 만했고, 그러한 밤들이 일상화되는 것에 그럭저럭 익숙해져갔다.

전업 번역가가 되기 위한
첫 행보

괴짜 귀인의 말에 힘을 얻어 나는 전업 번역가의 길을 가기로 마음을 굳혔다. 그러기 위해선 한국 재단의 번역 지원에만 의존할 수 없다는 현실을 인지했다. 따라서 2003년 여름, 한국 방문을 계기로 교보문고를 열심히 드나들며 프랑스에 소개할 만한 작품들을 찾았고 마음에 드는 책 몇 권을 사서 파리로 가져왔다. 샘플 번역과 작품 및 작가 소개서를 만들어 여러 프랑스 출판사들에 직접 도전해보기로 결심했던 것이다. 그 첫 시도로 선택한 작품이 류시화의 『하늘 호수로 떠난 여행』이었다. 『무기의 그늘』 공역자로 참여했던 프랑수아즈 나젤의 도움을 받아 위의 서류들을 준비해 아시아 문학에 관심 가질 만한 몇몇 출판사들에 보내보았다.

한국과 한국문학에 대한 인지도가 여전히 낮았던 시기라 사실 크게 기대는 하지 않았다. 묵묵부답이라도 결코 실망하지 말고 포기하지 말자고 스스로에게 몇 번이나 다짐했는지 모른다. 그런데 반갑게도 두 출판사에서 연락이 왔다. 먼저 필립 피키에 출판사^{Éditions Philippe Picquier}로부터 전화를 받았는데, 내가 보낸 원고에는 관심이 없지만 번역이 우수하다면서 출판사에서 막 저작권 계약을 마친 한국 아동소설이 하나 있는데 번역해보지 않겠냐고 제의해왔다. 나는 물론 뛸 듯이 기뻐하며 흔쾌히 승낙했다.

그 작품은 김진경 작가가 쓰고 김재홍 작가가 그린 『고양이 학교』 시리즈의 다섯 권짜리 중 첫 권이었다. 사실 출판사에서는 이 시리즈가 성공할지의 여부를 모르기에 우선 1권만 시범적으로 해보려 했다. 따라서 나는 번역을 하면서 진심으로 이 첫 권의 상업적 성공을 빌었다. 그래서 나머지 네 권의 번역을 계속해 시리즈를 완간할 수 있도록.

『고양이 학교』 첫 권의 번역이 끝나갈 무렵, 또 하나의 기쁜 소식이 날아왔다. 류시화 작가의 『하늘 호수로 떠난 여행』의 번역 샘플을 받아본 오브 출판사 Éditions de l'Aube가 관심이 있다면서 번역 계약을 제의해왔다. 필립 피키에 출판사에 이은 두 번째 제의는 내가 선택한 길에 좀 더 자신감을 심어주었다.

그러나 그 즈음 전혀 예상치 못한 문제가 생겼다. 남편이 새로운 사랑을 발견했고, 나는 그로 인해 가슴앓이를 했다. 서로에게 자유를 주고 행복을 빌어주는 시간을 가졌고 결혼 관계를 끝냈다. 남편에게 호기롭게 결별을 선언했지만 그 이후 얼마간은 기분이 오락가락하는 힘든 시기를 넘겨야 했다. 이국에서 홀로 살아가야 하는 막막함과 특히 여전히 불확실해 보이는 직업적 전망이 내 마음을 움츠러들게도 했다. 따라서 집에 들를 때마다 '나는 행복합니다'라고 쓰인 남편의 얼굴을 보면 나도 모르게 마음이 상했는지 남편에게 심술을 부리기도 했다.

다행히도 나의 이런 옹졸한 행동은 오래가지 않았다. 그것은 내가 그토록 성공을 소망하며 번역했던 『고양이 학교』 시리즈가 앵코럽티블 문학상 Prix des Incorruptibles 후보작으로 선정되었다는 좋은 소식 덕분이었다. 이 문학상은 1988년부터 시작되어, 프랑스 아동문학계에서 유서 깊은 문학상으로 자리매김해오고 있다. 상을 받은 것도 아니고 단지 후보작으로 선정되었다는 사소한 소식이었지만 왠지 앞으로 모든 것이 잘될 것만 같은 좋은 예감이 들었다.

사람은 누구나 자신이 괴로우면 그 괴로움의 원천을 타인에게 전가시키고 그를 못살게 굴고 싶어 하고, 반면 자신이 즐거우면 타인에게도 너그러워지게 되는 게 인지상정이듯 나 역시 그랬다. 지금까지의 삶이 그랬듯이, 출구는 언제나 예상치 못한 곳에서 나타나고 그것이 내 삶을 전진하게 하는 중요한 동력이 되었다.

앵코럽티블 문학상과

프랑스 전국 순례

그러고 보면 사람이 죽으라는 법은 없다, 라는 속담이 틀린 말은 아닌 것 같다. 앵코럽티블 문학상은 내게 사막에서 만난 오아시스와 같은 역할을 해주었다. 이 상은 『서점인들의 페이지Page des libraires』라는 문학잡지를 발간해내는 한 민간 협회가 조직하는데, 프랑스 전역에 걸쳐 유치원에서 고등학교까지 주로 교내 도서관 사서나 프랑스어 교사들이 자발적으로 상 위원회에 등록한다. 도서관 사서, 교육계 종사자, 아동문학 전문가 등이 여러 번 모임을 갖고 분야를 총 일곱 개로 나눈다. 각 분야마다 여섯 권의 작품을 후보작으로 선정하고, 가제본을 만들어 상 위원회에 등록한 학교들에 보낸다. 그러면 약 두 학기에 걸쳐 교사와 학생들이 선정된 작품들을 읽고 공부하고, 작가나 번역가들을 초청해 작품에 대해서 이야기한다. 이후 5월 중에 학생들이 직접 투표를 해서 수상작을 결정한다. 『고양이 학교』는 초등학교 상급 학년 및 중학교 1학년 분야에 선정되었다. 프랑스 학제는 초등학교가 5년, 중학교가 4년이라 한국으로 치면 초등학교 5~6학년에 해당한다고 하겠다.

　나는 2006년 2월부터 5월 초까지 주로 중학교 1학년 반들에 초청을 받아 프랑스의 여러 도시 및 시골을 순례하게 되었다. 첫 초청을 받은 곳은 스위스와 인접한 에비앙 레뱅이라는 작은 읍이었다. 도착하자마자 바다처럼 넓은 레만호가 가슴을 탁 트이게 해주었다. 게다가 교사 세 분이 마치 귀빈이라도 만나는 것처럼 친절하고 정중하게 나를 맞아 호숫가에 있는 멋진 호텔과 식당으로 안내해주었으니 그저 몸 둘 바를 몰랐다. 그다음 날에는 오전에 두 반, 오후에 한 반 들어가서 학생 독자들과의 만남을 가졌는데, 학생들은 교사와 『고양이 학교』를 읽은 후 질문을 미리 준비해놓은 상태였다. 그들은 작품에 대한 질문 이외에도 한국과 김진경 작가와 김재홍 화가 그리고 번역가인 나에 대해서도 상당한 관심을 보였다.

문득 한 학생이 손을 들고 일어나더니 내가 어제저녁 몇 시쯤에 기차역에 도착했는지 알고 있다면서, 사실은 한국인인 내가 어떻게 생겼는지 너무도 궁금해서 도착 시간에 맞추어 역으로 나가 숨어서 지켜보았다고 고백했다.

지금이야 한류 바람이 프랑스 전역에 확산되고 있지만, 당시만 해도 외국인이라고는 거의 없는 그 시골 아이들에게는 한국인, 한국이라는 나라가 마치 외계인이나 외계 행성이라도 되는 것처럼 낯설고 멀게 느껴졌을지도 몰랐다. 선생님들의 말에 따르면, 그 지역 사람들은 자신들이 사는 곳이 가장 아름답다고 생각하고, 외지에 대해 관심도 없고 휴가 기간에도 고향을 잘 떠나지 않는다고 했다. 상당히 보수적인 학부모들 아래서 자란 아이들에게 정신적으로 열린 마인드를 심어주는 게 쉽지 않은 과제라고 걱정을 하기도 했다.

그런데 그날 본 아이들의 눈은 호기심으로 반짝거렸

고, 내가 이야기하는 것을 하나라도 놓치지 않으려는 양 집중력이 넘쳤다. 그들의 모습에 나는 기쁘고 신이 나서 더욱 열성적으로 질의응답에 임했다. 장애아 반 아이들도 있었는데 그들 역시 마찬가지였다. 그날 그들의 뇌리에는 한국인인 나와 한국이라는 나라의 이미지가 선명하게 새겨져 오래도록 잊히지 않을 것이었다.

교사들의 평가도 좋았다. 학생들이 그토록 주의 집중해서 수업에 임하는 태도는 처음이었다면서 이 초청이 아주 성공적이라고 했다. 나 역시 학생들과 함께한 시간이 행복 그 자체였다고 말했다. 나의 방문이 상당히 인상 깊었는지 파리로 돌아온 이후에도 교사와 학생 들은 감사의 메시지를 듬뿍 담은 편지를 보내왔다.

첫 초청을 받은 학교에서 경험한 즐겁고 행복한 시간은 프랑스에서 혼자서도 살아갈 수 있다는 용기와 희미한 낙관을 내게 심어주었다.

에비앙 레뱅 방문 이후 나는 계속해서 여러 다른 도시나 시골에도 초청을 받아 갔다. 어떤 중학교들은 내가 방문하는 날을 마치 한국의 날로 정한 것처럼, 복도와 온 교실을 인터넷에서 찾아서 인쇄한 태극기 이미지하며 한글

자모, 한복 사진, 한국 지도 등으로 장식해놓고 나를 맞았다. 학생들은 『고양이 학교』 작품에 나오는 등장인물을 중심으로 시나리오를 만들어서 연극을 하기도 했고, 각자 좋아하는 등장인물을 그려 선물하기도 했다. 내가 칠판에 그들의 이름을 한글로 쓰자 너무도 신기해하며 자신들의 노트에 베껴 쓰기까지 했다. 책을 산 아이들은 수업이 끝나자 사인을 받기 위해 줄을 섰고, 책이 없는 아이들은 노트 한 장을 찢어서 줄을 서기도 했다.

만남은 작은 교실에서만 이루어지지 않았다. 어떤 학교에서는 중학생과 고등학생을 합쳐 100여 명이 넘는 학생과 교사 들, 심지어는 교장선생님까지 참여해 대강당에서 질의응답 시간을 가졌다. 또 어떤 곳에서는 시청의 대강당에 도에 있는 여러 중학교와 고등학교를 합쳐 거의 800여 명에 이르는 학생들이 모였다. 나를 포함해 작가들도 다섯 명 정도 초청되어 작가 소개 및 작품 소개 그리고 질의응답의 시간을 가졌다. 이날도 어떤 중학교 학생 여러 명이 『고양이 학교』의 일부를 발췌해서 등장인물의 역할을 분담해 낭독하는 시간을 가졌다.

정말이지 가는 곳마다 학생들의 대환영과 교사들의 찬사를 받았고 『고양이 학교』와 한국에 대한 그들의 열정적인 관심은 내게 기쁨과 자부심을 안겨주었다. 이렇게 여러 지방을 돌며 승승장구한 순례 여행은 마침내 좋은 결과로 이어섰다. 5월 중순, 드디어 전국의 학생들이 투표했고, 여섯 권의 후보작 중에서 『고양이 학교』가 수상하는 영광을 안았다. 비록 상금이 없는 상이지만 도서 판매에는 상당한 영향을 미쳤다고 볼 수 있다.

『고양이 학교』 시리즈와 이 앵코럽티블 문학상은 나와 필립 피키에 출판사와의 인연을 돈독하게 하는 데 중요한 역할을 했다고 할 수 있다.

나를 행복하게 한 일들

흔히 인생은 고락의 반복이라는 말이 있듯이, 고통의 시간이 지나면 행복의 순간들이 다가온다는 삶의 진리를 나는 몸소 체험했다. 남편과 헤어진 지 얼마 안 되어 좋은 일들이 연달아 일어났기 때문이었다. 『고양이 학교』의 앵코럽티블 문학상 후보작 선정 소식에 이어 또 하나의 소식이 날아왔다.

나는 2005년부터 벨기에의 유명한 만화 출판사 다

르고^{Dargaud}의 계열사인 가나^{Kana} 출판사의 부탁으로 한국 만화를 번역하기 시작했는데 바로 최규석과 변기현의 『짜장면』과 변병준의 『달려라 봉구야』였다. 당시 전업 번역가의 길을 걷기 위해 사방팔방으로 번역 일거리를 찾던 내게 이 제의는 행운이었다. 만화를 번역해본 경험이 없었지만 일단 흔쾌히 승낙하고 책을 받았다. 그런데 금상첨화로 이 두 작품의 이야기와 수채화풍의 그림이 아주 마음에 들었다. 『짜장면』은 안도현의 원작 소설을 각색한 그래픽노블로 17살 가출 소년의 방황기를 다루었고, 『달려라 봉구야』는 봉구와 엄마가 돈을 벌기 위해 상경한 후 소식이 끊긴 아버지를 찾아 추운 한겨울에 서울로 올라와 사랑과 희망으로 대도시의 냉정함과 무관심을 녹인다는 가슴 훈훈한 이야기이다. 이 두 그래픽노블은 내게 만화 번역에 흥미를 느끼게 해주었고 이후 많은 만화 작품을 번역하게 되는 첫 관문을 열어준 의미 있는 작품이 되었다.

그런데 2006년 1월 말, 가나 출판사가 이 세 작가들을 프랑스의 최대 규모 만화 축제인 앙굴렘 도서전에 초청하면서 나를 작가 가이드 및 통역자로 선발했다는 것이 아닌가. 그것은 또 내가 작품을 번역한 작가들을 도서전에 안내하고 그들의 인터뷰와 콘퍼런스, 출판인들과의 토론 등을 통역하는 첫 단추를 누르는 기회를 내게 안겨주었으니 좋은 일이 거듭 겹친 것이었다.

처음이라 긴장되고 떨리기도 했지만 막상 해보니 할 만 했다. 통역에 대한 교육은 전혀 받지 못해서 동시통역은 어려웠지만 번역가로서 작품 내용을 꿰뚫고 있으니 순차 통역은 가능했다. 하다 보니 점차 재미까지 느끼게 되었다. 작가들과 친해지는 계기는 물론이거니와 신문 기자, 독자, 여러 출판 관계자 등 다양한 사람들을 만나게 해주는, 고독한 번역 작업과는 차원이 다른 새로운 세계의 경험을 맛보았던 것이다.

앙굴렘 만화 축제는 파리 도서전과는 분위기가 많이 달랐다. 규모는 작았지만 만화라는 특징 때문인지 넘쳐나는 방문객들의 열기가 대단했다. 초청 작가들의 사인을 받기 위해 부스마다 긴 줄이 늘어섰고 그것은 우리 한국 작가들의 부스도 예외가 아니었다. 그리고 많은 만화 관련 잡지사의 기자들이 인터뷰를 하기 위해 우리 부스에 다녀갔다.

가나 출판사 대표가 마련한 저녁 회식 자리에서는 세 작가들의 작품 계획과 프랑스 시나리오 작가들과의 공동 작업 계획에 대해 이야기를 나누는 아주 흥미로운 시간을 가졌다. 덕분에 통역을 하느라 저녁을 먹는 둥 마는 둥 했지만 재미는 있었다. 그리고 출판사 대표의 사회로 진행된 세 작가와의 콘퍼런스 통역 역시 내가 맡았는데, 덕분에 나의 통역 능력에 더욱 자신감을 얻을 수 있었다.

앵코럽티블 문학상을 수상한지 얼마 안 되는 2006년 6월 말, 또 하나의 좋은 소식이 들려왔다. 다름 아닌 남프랑스 프로방스-알프-코트다쥐르 지방의 인문 고등학교 학생 및 실업 고교생의 투표로 이루어지는 문학상 후보작에 변병준 작가의 『달려라 봉구야』가 올랐다는 소식과 함께, 가나 출판사가 또 나를 작가의 동행자 및 통역인으로 추천했다는 것이다. 이 상은 소설과 만화 두 분야로 나누어져 각 분야당 여섯 작품씩, 총 열두 작품을 뽑는다. 앵코럽티블 문학상과 비슷한 방식으로 1년간 열두 명의 작가를 돌아가면서 초청해 투표권이 있는 여러 고등학생들과 만남의 시간을 갖는다.

변병준 작가는 2006년 12월 초에 초청되었으니 나는 거의 1년 만에 그와 재회한 셈이었다. 그와 동행해 액상프로방스, 마르세유, 망통, 니스 등 여러 남프랑스 도시 및 마을 들을 돌며 가진 고등학교 학생들과의 대담회, 서점에서의 사인회, 동 시기에 초청된 작가들과 여러 고등학교 학생들이 모여 대강당에서 이루어진 합동 토론회 등, 그 일주일간의 흥미진진한 시간은 내 인생에 잊지 못할 또 하나의 추억거리를 만들어주었다.

우리는 시간이 날 때면 아름답기로 유명한 코트다쥐르 해안을 드라이브했고 마르세유 도시의 시장과 거리 구석구석을 산책했는데, 변 작가는 가는 곳마다 한 장면 한 장면을 사진으로 남겼다. 혹시라도 미래의 작업에 쓰일지도 모른다고 하면서.

애석하게도 2007년 5월에 이루어진 투표 결과,『달려라 봉구야』가 2등에 올라 수상은 하지 못했지만, 일주일간의 순례 행사가 상보다 훨씬 더 값진 경험이었다.

필립 피키에 출판사의
한국문학 컬렉션을 맡다

이렇게 나를 행복하게 하는 일들이 연달아 일어나고, 『고양이 학교』 시리즈가 상업적 성공의 가도를 달리면서 나머지 4권의 번역은 물론 다른 한국문학 작품도 번역하기 시작하던 2007년 4월의 어느 날이었다. 필립 피키에 출판사 대표님이 내게 피키에 출판사 내 한국문학 컬렉션 기획을 담당해보지 않겠냐고 물어왔다. 그것은 좋은 소식 중에서도 가장 으뜸가는 좋은 소식이 아닐 수가 없었다. 우선 한 출판사의 기획 책임을 맡는다는 것은 번역 일거리를 찾지 못할까 봐 늘 전전긍긍하는 프리랜서의 불안감을 조금은 덜 수 있다는 것을 의미했고, 또한 내가 검토해서 선택하는 작품들을 번역할 수 있다는 점에서, 번역가로서는 뭐랄까, 일종의 특혜를 받는 위치에 서게 됨을 의미했기 때문이다.

나는 뛸 듯이 기뻐하며 맡겨만 준다면 큰 영광이라고 즉각 대답했다. 그렇게, 필립 대표님을 파리에서 만나 계약 조건에 대해 논의하고 앞으로 아동 및 성인 문학의 모든 장르를 막론하고 해외 수용 가능성이 높은 한국문학 걸작들을 규칙적으로 소개하기로 합의했다.

그날 집으로 돌아온 나는 이 가슴 벅찬 즐거움을 혼자 누리기에는 너무 아까워 누군가와 나누고 싶었는데, 그 대상을 오래 생각할 필요가 없었다. 가장 먼저 머리에 떠오른 사람이 남편이었으니까. 비록 부부의 연은 끝났지만, 그는 여전히 내 딸의 아빠이고 이 프랑스 땅에서 아무런 연고도 없는 나의 유일한 보호자였으니까. 전화로 그에게 소식을 전하자, 예싱대로 그는 누구보다도 기뻐하며 내가 자랑스럽다고 말했다. 그의 말은 내게 승리감의 절정을 맛보게 했다.

남편과의 행복한 삶과 직업적인 승리감 둘 다 동시에 얻으면 금상첨화겠지만 삶은 항상 그렇게 너그럽지만은 않다는 것을 나는 경험을 통해 일찌감치 깨달았다. 하나를 잃은 대신에 적어도 다른 하나를 얻었으니, 그것도 그토록 염원하던 것을 이루었으니 그것만으로도 감사해야 할 일이었다.

필립 피키에 대표님과 한국문학 컬렉션 기획을 맡겠다고 합의하고 돌아온 이후부터 주말마다 한국 작품의 베스트 목록, 신간 베스트, 새로 나온 작품 목록, 한국 소설 베스트 등등을 샅샅이 뒤지며 보물을 찾아 헤매기 시작했다. 괜찮은 작품이 눈에 띄면 에이전시나 한국 출판사에 연락해 책이나 PDF 원고를 보내달라고 해서 읽어보고, 내 기준에서 프랑스 도서 시장에 어필할 가능성이 높으면 시놉시스와 서평을 준비해서 출판사 대표님을 만나 구술로 소개했다. 물론 내가 소개하는 작품 모두가 받아들여지는 것은 아니며, 출판사 대표님이 다시 검토하곤 했다.

이렇게 필립 대표님과 나는 거의 20년이 다 되어가도록 서로에 대한 돈독한 존중과 신뢰와 우정으로 꽤 정규적으로 만나 함께 일을 해왔다. 중간에 다른 번역가들과 한국 작가들의 개입으로 인해 삐거덕거린 우여곡절이 몇 차례 있었긴 했지만 우리의 공조와 협업에 큰 타격을 입히지는 못했다. 게다가 필립 대표님은 기획가로서의 내 능력을 상당히 신뢰하는 편이었고, 파리에서 이루어지는 한국 작가들의 문학 콘퍼런스나 문학상 시상식 등 기회가 있을 때마다 내 능력을 공공연히 칭찬하곤 했다.

어쨌든 이 한국문학 컬렉션 기획부장의 자리는 내가 그토록 원했던 번역가의 길을 보다 안정적으로 걷게 해주었고, 이후 지금까지 다양한 장르의 한국문학 작품을 꾸준히 소개, 번역하는 이른바 한국문학 전도사로 자리매김하는 데 크게 기여해오고 있다고 볼 수 있다.

논란 그리고 작은 승리감

2007년 필립 피키에 출판사 내의 한국문학 컬렉션을

담당하고부터 내가 기획하고 번역한 많은 작품들 중 가장 말도 많고 탈도 많았던 한 작품을 꼽으라고 한다면, 나는 단연코 북한 작가 반디의 단편집 『고발』을 선택할 것이다.

2020년 8월, 나는 파리에서 불문학 박사학위 공부를 하는 한 한국 유학생으로부터 메일 한 통을 받았다. 한국외대에서 『고발』이라는 작품이 해외에서 각광을 받은 이유를 분석하는 연구팀이 만들어졌고, 그 연구팀의 한 멤버로서 인터뷰를 요청하는 메일이었다. 처음 한국에서 출간되었을 때 아무도 눈길을 주지 않았던 이 작품이, 그리고 프랑스에서 출간되었을 때 무수한 뭇매를 맞았던 이 작품이 지금에 와서 한 대학 연구팀의 연구 대상이 되다니? 한편으로는 놀라웠고 또 한편으로는 반갑고 가슴 뿌듯한 만족감이 뇌리를 스쳤다.

무정하리만큼 냉대를 받았던 이 작품이 어떻게 30여 개 국에서 번역 출간될 정도로 뜨거운 관심을 받게 된 것인지, 그리고 출간된 지 상당한 시간이 지났음에도 한국의 한 대학에서 이 작품을 연구하는 팀이 생길 정도로 주목을 받게 된 것인지, 첫 단추를 누른 사람으로서 그 내막을 풀어보려 한다.

앞에서도 이야기했듯, 한국문학 컬렉션 기획을 담당

하게 되면서 나는 매 주말마다 한국의 베스트셀러와 새로 나온 책들을 검토하곤 했는데, 『고발』을 발견한 것은 베스트셀러 목록이 아니라 새로 나온 작품들 중에서였다. 책과 작가 소개 그리고 미리보기 몇 페이지를 훑어보자 상당한 호기심이 생겨 함께 일하는 에이전트에게 당장 PDF 원고를 보내달라고 부탁했다.

책은 총 7개의 단편으로 구성되어 있었는데, 그 하나하나를 읽어나가는 내 가슴속에는 만감이 교차했다. 지금껏 말로만 듣고 어렴풋이 상상만 했던 북한 주민들의 비참하기 그지없는 일상사를 한눈에 들여다보는 느낌이었다. 거의 모든 인권과 자유를 박탈당하고 살아가는 북한 동포들에 대한 동정심, 비애, 슬픔 그리고 부조리하기 짝이 없는 김씨 세습제와 공산독재정치…….

이야기를 풀어가는 방식이나 문체를 볼 때, 오래전에 써놓은 작품들인 듯 상당히 고전적인 형식의 소설이었다. 그러나 정치의 횡포에 신음하는 북한 주민의 일상생활과 모두가 행복하게 잘사는 이상적인 사회주의 나라를 만들자는 초기의 꿈이 하나의 헛된 환상에 지나지 않았음을 깨닫는 순간 느낀 그들의 실망과 절망감을 풍자와 은유로 섬세하게 묘사해낸 작가의 재능을 높이 사지 않을 수가 없었다. 비록 소설적으로 허구화된 이야기이지만, 이 7편의 작품을 통해 내가 한 번도 발을 디더본 적이 없는 북한 사회의 현실을 마치 영화를 보듯 생생하게 느낄 수 있었다. 읽는 이의 감정을 움직이는 글쓰기야말로 진정한 이야기꾼의 솜씨가 아니고 무엇이란 말인가.

나는 망설임 없이 이 작품을 소개하기로 결심하고 한국 미디어와 독자들의 반응을 검토했다. 그러나 유감스럽게도 이 책에 대한 독자와 프레스 들의 관심은 거의 없었다. 한국의 문단과 지식층은 과연 무엇을 보고 무엇을 하는가? 나는 깊은 실망감으로 탄식했다. 한국의 차가운 반응과 상관없이 나는 이 단편집을 피키에 출판사에 소개했고 필립 대표님도 흔쾌히 승낙했다. 곧 저작권 구매가 이루어졌고 나는 2015년부터 번역 작업에 착수했다. 한국 재단들에 번역 지원을 문의했으나 북한 작가라서 지원이 힘들다는 답이 돌아왔다. 프랑스의 국립도서센터에서도 지원을 거부했다. 2015년 9월경 번역이 완성되었고, 우리는 2016년 3월 개최될 파리의 국제 도서전에 맞추어 출간을 준비하고 있었다. 그해 국제 도서전은 한국이 처음으로 주빈국으로 초청된 터라, 한국문학계에는 아주 의미 있는 행사였다.

그런데 이 뜻깊은 행사를 몇 달 앞두고 사달이 났다. 피키에 출판사에서 이미 여러 작품을 출간한 바 있는 한국의 어느 유명 작가와 특별한 친분 관계를 맺으며, 그 작가의 대부분의 책을 번역해오던 한 번역가 팀이 파리를 방문했을 때였다. 필립 대표님은 그들에게 무심코 『고발』의 출간 준비를 이야기하면서 한번 읽어보라고 번역 원고를 넘겨주었는데, 거기서 문제가 촉발되었다.

서울로 돌아가 번역 원고를 읽은 번역가 팀은 작품 내용과 특히 이 책이 한국의 한 극우파 출판사에서 나왔다는 이유로 격노하면서 그 유명 작가에게 이 사실을 알렸다. 좌파 성향을 가진 그 작가가 이 소식을 듣고 역시 노발대발하면서 피키에 출판사가 『고발』을 출간하는 데 격렬히 반대하고 나섰던 모양이었다. 문제의 번역가 팀은 이 작가의 의견을 대변하는 장문의 메일을 출판사로 보내왔는데, 핵심은 만일 피키에 출판사가 반디의 작품을 낼 경우 그 작가는 더 이상 피키에 출판사에서 책을 내지 않음은 물론 지금까지 쓴 모든 계약서들도 철회할 수 있다는 일종의 위협과 협박이었다. 반디의 작품을 낸 한국 출판사는 물론 이 작품의 추천사를 쓴 사람들이 거의 극우파라는 점과 남북이 화해를 해야 하는 마당에 북한의 심기를 건드리는 이런 선동적인 글을 출판해서는 안 된다는 작가의 입장을 내포한 글이었다.

나는 출판사에서 전달해준 이 메일을 받고 잠시 망연자실했다. 언론 출판의 자유가 보장된 21세기 민주국가에 살고 있는 시민으로서 어떻게 이런 협박 류의 메일을? 그것도 내가 평소에 존경과 좋은 마음을 품고 있던 분들로부터? 나는 그들의 이 무분별하고 과격한 반응을 도무지 이해할 수가 없었다. 이해가 안 되니 화가 났다. 그래서 피키에 출판사 대표님께 당장 전화를 걸어 그 어느 나라보다도 언론·출판의 자유가 보장된 프랑스에서 이런 황당한 협박에 놀아나서는 안 되며 계획대로 1월에 책을 내야 한다고 강력히 주장했다. 그러나 나는 곧 대표님의 난처하고도 불편한 심기를 알아차렸다. 그간 우정을 쌓아온 한 작가를 잃는 것도 그렇지만 그가 특히 우려하는 점은 한국문학에 뜻깊은 큰 행사를 눈앞에 두고 이 한 권의 책 때문에 분란을 일으키고 싶지 않으니 시간을 두고 생각해보자는 것이었다.

나는 인터넷을 뒤져 『고발』을 낸 한국 출판인에 대해 알아봤고, 한국 지인들에게 이 출판인에 대한 이미지도 물어보았다. 각 지인들의 정치적 성향에 따라 '인간쓰레기'에서 '나름대로 확고한 정치적 이념을 가진 똑똑한 사람'에 이르기까지 의견이 천차만별이었다. 정치적 성향은 어디까지나 주관적인 것이고, 민주주의 사회에서 어떤 정치적 성향이나 어떤 정치인을 좋아하고 싫어하고는 개인의 자유이다. 그 누구도 내가 저 정치인 혹은 언론인을 싫어하니 그 사람과는 상종하지 말라고 강요할 권리는 없다. 하물며 한국에서 프랑스의 출판사에 자신이 인정할 수 없는, 혹은 자신의 정치적 성향에 반하는 작품이라서 출판하지 말라고 하는 것은 그야말로 독재적인 태도가 아닌가.

나는 평소에 알고 지내던 소위 말하는 몇몇 한국의 '좌파 지식인' 작가들에게도 메일로 이런 부조리한 상황을 털어놓으며 작품을 읽어보고 의견을 달라고 했다. 애석하게도 한결같이 내가 염려했던 답을 보내왔다. 그들은 단칼에 이 작품을 극우 반공 단체나 우파 정부 측에서 만들어낸 조작이라고 단정 지었다. 실제로 북한에서 살고 있는 작가라면 북한 체제에 대해 최소한의 애정이 담겨 있어야 하는데 이 작품에서처럼 이토록 일방적으로 증오만을 품고 글을 쓸 수는 없다는 것이었다.

너무도 확신에 찬 단정들이어서 잠시 내 안목에 의심

도 들었다. 나는 좌파든 우파든 한국의 정치에 대해 어떤 신호도를 가지고 있지는 않았지만, 한 걸음 물러서 그들의 입장에서 한번 작품을 보려고 애써보았다. 그러나 아무리 생각을 해도 이 작품을 조작이라고 단정 지을 근거가 없어 보였다. 7편의 단편 거의가 대 기아로 수백만 명의 북한 주민이 죽어나가는 시절에 쓰였는데 어떻게 그 부조리하고 폭력적인 체제에 대해 조금이라도 애정을 가질 수 있단 말인가? 그것은 북한의 끔찍한 고난을 직접 겪어보지 않고, 남한에서 사회주의 체제에 대해서 갖는 막연한 동경과 이상이라는 색안경을 끼고 작품을 읽은 결과가 아닐까?

문학은 허구이고 상상의 산물이다. 문학작품이 문학적 장치를 통해 어떤 정치 체제를 교묘하게 풍자하고 비꼬아 독자들을 그럴듯하게 설득한다면, 그것이 비록 사실과 다르다 하더라도 문학이기에 가능한 것이고 그것이 작가의 재능이다. 문학은 어디까지나 지어낸 것이기 때문이다. 문학은 한 체제나 한 인물을 가지고 몇천 번이라도 다르게 상상해서 구상해낼 수가 있다. 하물며, 반디의 단편들은 우리가 지금까지 보고 들어온 북한의 현실과 너무도 비슷하지 않은가? 북한에서 살며 현실을 직접 경험해보지 않고는 도저히 쓸 수 없는 작품이라는 생각이 드는데, 왜 이 작품을 문학작품 자체로 보지 않고 교묘한 정치적 목적을 위해 북한 밖의 누군가가 썼다고 하는 것인지 도무지 이해가 되지 않았다.

나는 반디라는 작가의 존재를 조금도 의심하지 않았지만, 백 번 양보해서 반디라는 가명의 작가가 북한 안이 아닌 밖의 누군가라고 해도 이 작품을 써낸 작가와 그의 훌륭한 재능에 박수를 보내고 싶었다.

나는 피랍탈북인권연대 대표이자 『고발』의 저작권 소유자인 도희윤 대표에게 왜 이 작품을 하필이면 극우파로 알려진 출판사에서 출판했는지 문의해보았다. 그는 한국 출판사들이 북한 이야기를 식상하다고 느껴서, 어느 곳도 이 작품을 출간해주려 하지 않았다고 설명했다.

그러고는 인터넷을 뒤지다가 어느 대학교수의 『고발』에 대한 아주 긍정적인 비평을 발견했다. 아무도 관심 가지지 않는 가운데서 올라온 희귀한 리뷰였고, 게다가 한국에도 이 작품의 문학성에 대해 나와 비슷한 안목을 가진 사람이 있구나, 하면서 다소 위로감을 느끼며 읽어 내려갔는데, 그 밑에 달린 여러 댓글을 보면서 또다시 아연실색하지 않을 수 없었다. 도대체 무슨 뇌물을 먹었기에 아니면 극우단체의 어떤 꼬임에 넘어갔기에 이 되먹지도 않은 작품을 이렇게 차양하는 글을 쓴 것이냐며 글쓴이를 노골적으로 매도했던 것이다.

그렇다면 반디의 『고발』은 한국의 좌파와 우파의 극단적인 대립의 희생양이 되어버린 것인가? 그러나 그렇게만 생각할 수 없는 것이, 이 작품이 좌파 지식인들이 주장하는 것처럼 우파 정부나 극우파의 조작물이라면 적어도 우파 측에서 이 작품을 어떤 정치적 목적으로 이용하려 했어야 하는데, 전혀 그런 낌새조차 보이지 않았고 그들은 완전한 무관심으로 일관했던 것이다.

나는 혼자서 울분을 삼키며 고민하다가 피키에 출판사 대표님께 다시 전화를 걸었다. 그동안 지인들과의 의견 교환, 북한 작가 작품을 출판하기 어려운 한국의 출판 상황, 한국의 정치적인 상황 등을 언급하면서 반디의 『고발』을 계획대로 2016년 1월에 출판하자고 사정했다. 피키에 대표님도 나만큼 고심하는 것 같았고, 확답을 내리지 못한 채 전화를 끊었다. 그는 그다음 날 다시 전화를 걸어와 나를 달래기 시작했다. 모처럼 한국을 주빈국으로 맞는 3월의 파리 국제 도서전을 탈 없이 넘기고 9월에 출판하자고 제의했다. 너무도 간곡한 제의였고, 그런 선택을 할 수밖에 없는 그의 입장을 이해하지 못하는 것이 아니기에, 계속 내 주장만을 밀고 나갈 수가 없어 하는 수 없이 그러자고 했다.

그러나 마음속에서 부글부글 끓어오르는 뜨거운 뭔가를 잠재울 수가 없었다. 나는 번역 원고를 프랑스 지인들에게 보내어 읽어보고 의견을 달라고 했다. 한국의 정치적 상황에 물들지 않은 제3의 견해를 듣고 싶었다. 원고를 읽은 그들은 하나같이 지금껏 다큐멘터리나 탈북자들의 증언 등을 통해서 상상해온 북한인들의 비참한 생활 실정을 잘 드러낸 작품이라고 호평했다. 그중 친구 한 명이 내게 일어난 어처구니없는 상황을 듣더니, 며칠 후 저녁에 파리의 한 카페에서 프랑스인들로 구성된 북한 동포 돕기 협회의 모임이 있다면서 한번 가보라고 건의했다.

그래서 나는 마음을 먹고 용기를 내어 회의가 열린다는 장소로 나갔다. 카페 2층 전체를 대관한 듯했고, 30여 명이 모여 있었다. 대학생을 비롯해 중년, 노년, 남녀를 불문한 모든 연령층이 섞여 있었다. 회의 시간이 되자 협회 회장님이신 피에르 리굴로Pierre Rigoulot가 나처럼 처음 오는 사람들을 위해 협회에 대해 잠깐 소개하고 나서 자신이 준비해온 북한의 현 정치 상황과 북한 주민들의 삶 그리고 그들을 도와줄 수 있는 방법 등에 대해 자료를 발표했다. 약 20분간의 발표가 끝나고 질의 토론 시간이 이어졌다. 질문 대부분이 어떻게 하면 북한 주민에게 외부의 정보를 보내고 조금이나마 물질적인 도움을 줄 수 있는지에 초점이 맞추어졌다.

거의 한 시간 동안 그들의 토론을 듣고 있자니 만감이 교차했다. 자신들과 아무 상관도 없는 먼 나라, 남의 나라의 핍박받는 국민들을 생각해주는 박애 정신에 대해 존경과 고마움과 동시에 부끄러움을 느꼈다. 나는 토론에 끼어들까 말까 몇 번이고 망설였다. 질의 토론 시간은 거의 마무리에 다다르고 있었고 내 가슴은 심하게 쿵쾅거리기 시작했다. 지금 이 기회를 놓치면 오랫동안 후회할 것 같다는 생각이 나를 사로잡았다. 나는 만신의 용기를 내어 폐회하기 바로 직전에 결국 손을 들고 말았다.

우선 짧은 내 소개와 함께 회의에 참석한 모든 분을 향해 느끼는 복합적인 감정을 표명하고 나서 북한 작가 반디의 작품 출판과 관련된 어처구니없는 상황을 설명하기 시작했다. 나의 이야기를 듣는 사람들은 '어떻게 그런 일이?'라는 황당함을 감추지 못했다. 설명이 끝나자 그들은 하나같이 입을 모아 출판을 9월로 미룰 하등의 이유가 없으며, 그것은 구더기 무서워 장 못 담근다는 논리와 같다는 것이었다.

참석자 중 한 분은 노련한 번역가이자 프랑스의 한 중견 출판사에서 기획을 맡고 계신 분이었다. 그분의 말씀에 따르면, 3월 도서전에 맞추어 출간할 경우 3만 부 정도 나갈 수도 있겠지만, 9월로 미룰 경우 그 여파가 줄어들어 판매량이 10분의 1에도 못 미칠 수 있음을 각오하라는 것이었다. 만일 3월에 출간해서 그 작품에 반대하는 작가들이 와서 도서전을 망칠 경우, 자기는 프랑스 출판인들도 많이 알고 있으니 연대하고 지지해주겠다고까지 했다. 또한 젊은 학생들은 자신들의 메일을 적어주면서 책이 나오면 연락하라고, 문학 블로거들에 알리겠다고 했다. 그날 그 회의에 참석한 모든 분이 절대 포기하지 말라고 내게 한마디씩 격려의 말을 해주었다.

나는 회의가 끝나고 협회 회장님인 피에르 리굴로에게 명함을 한 장 부탁하면서 혹시 반디 작가의 원고를 읽고 싶으시다면 메일로 보내주겠다고 했더니 그는 흔쾌히 승낙했다. 그때가 12월 말 성탄절 휴가 직전이었다. 명함을 보니 그는 역사학자이자 사회역사 연구원 원장이었다.

나는 그날 저녁 집으로 돌아오자마자 피에르의 메일

로 번역 원고를 보냈고 그의 반응을 기다렸다. 그로부터
야 일주일이 지나 답 메일이 왔다. 단편 7편 중 2편을 읽
었는데 아주 훌륭한 작품이라면서 극찬을 아끼지 않았다.
그리고 며칠 후 5번째 단편을 읽고 있는 중인데 점점 더
매료되어 간다면서 자신의 도움이 필요하면 기꺼이 응하
겠다고 했다.

그의 메일에 용기를 얻은 나는 연말 휴가를 조용히 넘
기고 나서, 2016년 연초에 출판사 대표님께 전화를 걸어
북한 주민 돕기 협회의 모임을 방문한 것과, 원고에 대한
피에르의 긍정적인 반응과 적극적인 지지에 이르기까지
자초지종을 이야기했다. 그리고 도서전에 맞춘 『고발』의
출간을 재개하면서 피에르와 파리에서 한번 만나보는 게
어떻겠냐고 제의했다. 필립은 아마도 나의 간절한 부탁이
안타까웠던지 그러겠다고 했다.

1월의 어느 저녁, 필립과 나, 피에르 이렇게 세 명이 파
리의 한 식당에서 모임을 가졌다. 그날의 만남에서 필립
은 반디의 작품을 도서전 직전인 3월에 출간하겠다는 결
심을 굳혔고 피에르에게 후기를 써주기를 부탁했다. 『고
발』 한국판 뒷부분에 나오는, 소위 극우파라 지칭되는 인
물들이 쓴 부록 편을 모두 없애고 피에르의 후기를 대체

해 넣기로 합의를 보았던 것이다.

그날 저녁 집으로 돌아오는 지하철에서 나는 그동안 목구멍에 걸려 있던 가시가 마침내 쑥 내려간 듯 가슴이 후련해짐을 느꼈다. 그것은 불의에 맞선 일종의 작은 승리와도 같은 것이었다. 나는 불의를 보면 분노하지만 앞에 나서서 전투적으로 싸우는 성격의 소유자가 아니다. 대신에 힘이 닿는 한도 내에서 문제 해결을 위해 평화적으로 끈기 있게 작은 시도라도 해보는 사람이다. 이 상황이 반전된 것은 나의 주무기인 인내심과 끈기 있는 노력 덕분이라고 할 수 있었다. 그러나 그 작은 승리감은 오래가지 않았고 또 다른 난관에 부딪쳤다.

지적인 비평이 아닌

이해관계에 얽힌 감정적인 비난

북한 작가 반디의 단편집이 2016년 3월 프랑스에서 출간되자, 한국과 프랑스의 여러 친북 인사들이 이 작품을 깔아뭉개려는 직접적인 공격에 나섰다. 내가 보기에 그들의 비판은 논리적인 모순과 억측으로 점철된, 공격을 위한 공격에 지나지 않은 것이었다. 또한 아주 사소하고 디테일한 것까지 꼬집는 유치하기 짝이 없는, 즉 전혀 지적인 비평이 아닌 개인적 감정이 실린 비난이었다.

그들은 입을 모아 반디의 『고발』이 문학적 가치가 전혀 없는 형편없는 글쓰기라고 비하했다. 혹자는 반디의 단편들이 북한 주민들의 불행한 삶만을 보여준다는 점에서 반공주의의 선전용으로 한국에 사는 한 탈북자가 쓴 것이라고 주장했다. 평양을 자주 드나든다는 한 친북파 프랑스인은 지금껏 어떤 한국학 전문가도 이 텍스트의 존재에 대해 들어본 적이 없다는 점에서, 또한 이 작품이 아주 무미건조하고 빈약한 어휘로 쓰였다는 점에서 남한의 한 명 또는 여러 명의 탈북자들이 쓴 것이 분명하다고 주장했다. 그는 또 한 단편의 작중 인물인 어린아이가 아파트 창문을 통해 김일성 광장에 걸린 마르크스 초상화를 보고 경기를 일으켰다는 문장을 꼬집으면서, 북한 사정을 모르는 사람이 쓴 조작 냄새가 난다고 했다. 그는 그 이유로 처음에는 김일성 광장에 마르크스 초상화가 결코 걸린 적이 없기 때문이라고 했다가 나중에는 김일성 광장 주변의 어떤 아파트에서도 초상화를 보는 게 쉽지 않기 때문이라고 정정했다. 마르크스 초상화는 2012년에 김일성 광장에서 떼어졌는데, 2012년 이후에 북한을 방문하기 시작한 그로서는 당연히 초상화가 걸린 적이 없다고 생각했다가 나중에야 정보를 알고 고쳤던 것이다. 이것만 봐도 그의 주장이 얼마나 억지인지 여실히 보여주지 않는가. 한때 북한을 방문해서 여러 번 북한 작가들을 만나고 왔다는 한 한국 작가는 만일 반디라는 작가가 진짜로 북한에 살고 있다면 왜 그에 대해 한마디도 들은 적이 없냐며, 이것은 반디가 실존하는 인물이 아님을 입증하는 것이 아니냐, 라고 반문했다.

반디는 자신이 쓴 원고를 10년 이상 장롱 깊숙이 숨겨 놓았다가 목숨을 걸고 외부로 내보낸 상황이었다. 그런 그가 과연 북한에 방문한 남한 작가에게 나는 북한 체제에 반하는 글을 쓰는 반디라는 필명을 가진 사람이라고 이야기할 수 있었을까? 원고 유출에 작가의 목숨이 달려 있고 따라서 극비에 남한에 도착한 상황이었는데 아무리 북한학 전문가들이라 해도 그 이전에 원고의 존재에 대해 모르는 게 당연하지 않겠는가. 하물며 남한에 도착해서 출판되어도 프랑스판이 나오기 전까지는 일말의 관심조차 가지지 않은 '북한학 전문가들'이었지 않은가? 7편의 단편 모두가 북한 주민들의 불행한 삶들만 보여준다는 점에서 반공 선전용으로 쓰인 작품이라고 했는데, 작품의 시대적인 배경이 북한의 대 기아 시대이니만큼 당연한 이치가 아니겠는가.

이들은 또 반론할 가치조차 없는 사소한 예를 들고 나서면서 번역도 아주 나쁘다고 매도했다. 그런데 파리 도서전 때 나에게 다가와 '이토록 쓰레기 같은 작품을 출판한' 것에 너무도 실망했다고 직접적으로 공격한 이에게 나는 반문했다. 그럼 이 작품을 읽고 감동을 받고 호평을 쓴 다른 많은 프랑스 독자들은 작품성을 전혀 볼 줄 모르는 바보라서 그러냐고? 나를 공격한 이는, 그것은 내가 프랑스어로 번역을 잘해서 그렇다고 했다. 원본이 나쁘면 아무리 번역을 잘해도 소용없다는 걸 번역가인 당신이 더 잘 알지 않냐고 말도 안 되는 소리 하지 말라고 반박하고 그만두었지만 당시 나는 그들의 모순과 억측에 너무도 기가 차서 더 반박하고 싶은 마음조차도 잃었다.

또 한 명의 극단적인 프랑스인 친북파는 "둔하기 짝이 없는 한국의 국정원은 이 작품을 보급하려고 노력했으나 남한 정부의 조작 가능성을 잘 의식하고 있는 남한 국민들의 여론을 설득하는 데 성공하지 못했다. 하지만 북한 정보의 실체에 어두운 서양 기자들과 협력하면 서양 독자의 여론을 조작하는 것은 누워서 떡 먹기만큼 쉽다는 것을 알고 있다"라는 등의 너무도 어처구니없는 궤변을 늘어놓았다.

나 역시 국내외 여러 미디어들과 인터뷰를 진행했고 최선을 다해 변론을 했다. 주로 반디 작가의 글쓰기 재능과 작품을 번역하면서 느낀 지적 희열감에 대해서 말했고, 앞에서 지적한 바와 같이 친북파들이 반박을 위한 반박을 위해서 꼬집은 작품 속 묘사와 북한의 현 상황간의 불일치 등 아주 사소한 디테일들과 관련한 질문들에는 반디의 작품은 다큐멘터리가 아니라 상상과 허구를 허용하는 문학작품일 뿐이라며 일축했다.

결국은

세계가 알아준 작품

앞에서 주로 『고발』에 대한 공격적인 평들만을 언급했는데, 사실 적잖은 프랑스의 미디어와 독자들의 호평도 있었다. 그리고 무엇보다 나를 기쁘게 한 것은 프랑스어판 출판을 시점으로 해서 작품의 저작권이 전 세계로 팔려 나가기 시작했다는 점이었다. 그것도 해외 출판사들이 엄청난 선인세를 제시하면서까지 열정적인 관심을 보였다는 사실이다. 그 소식은 앞에서 언급한 친북파 혹은 좌파 지식인들의 발언들이 얼마나 하찮고 신빙성이 없는가를 증명해주는 것만 같았다.

저작권이 전 세계적으로 판매된 이면에는 『고발』의 프랑스어 번역 원고가 적잖은 기여를 했다고 생각된다. 물론 에이전트가 느지막하게 영문으로 된 책 소개를 해서 돌렸겠지만 처음에는 프랑스어 번역 원고를 돌린 것으로 알고 있다. 내가 프랑스어 번역 원고를 에이전트에게 주면서 다른 나라들에도 소개하도록 적극 권유하기도 했고. 나중에 알게 된 사실이지만 어떤 나라에서는 프랑스 출판사나 프랑스어 번역가들의 허락도 받지 않고 프랑스어 번역 원고에서 바로 자기 나라 언어로 번역해 출판했다는 소식도 들려왔다.

그리고 약 1년 후인 2017년 2월경, 서울에서 좋은 소식이 날아왔다. 반디의 단편집이 한국의 중견 출판사인 다산책방에서 개정되어 나왔고, 이 출간 기념으로 3월 말경 『고발』을 출간한 각국의 해외 출판인 및 에이전트와 북한 인권 관련 인사 들을 모시고 국제 콘퍼런스를 연다는 것이었다. 프랑스에서는 후기를 써주신 피에르 리굴로 선생님과 내가 초청되었다. 더 기쁜 소식은 한국에서 재출간된 반디 작가의 작품이 곧바로 베스트셀러의 목록에 오르고 많은 한국 독자들이 이 작품을 극찬하는 리뷰를 썼다는 것이었다. 이는 물론 해외에서의 굵직한 미디어와 독자 들의 호평에 힘입은 것이겠지만, 그래도 한국 독자와 미디어 들이 이 작품에 관심을 가져주고 작품성을 인정해주었다는 사실이 무엇보다도 나를 기쁘게 했다.

콘퍼런스는 이틀간 이루어졌는데, 첫날은 북한의 인권 문제에 초점이 맞추어졌고, 두 번째 날은 반디 작가의 작품을 중심으로 한 토론회가 있었다. 자칫 무관심 속에 묻힐 뻔했던 이 작품을 처음으로 발견해 해외에 소개한 사람으로서 나도 발제에 참여해 프랑스어 판에 대한 한국과 프랑스에서의 논란, 즉『고발』을 문학작품으로 보지 않고 정치적 이해관계로서만 보았기 때문에 생긴 논란에 대해서 이야기했다.

콘퍼런스를 조직한 도희윤 대표님은 초청한 모든 귀빈들에게 판문점 투어를 제안했고, 초청된 각국 대표들이 판문점 근처에서 자국 언어로 번역된『고발』의 일부 발췌문을 소리 내어 읽기도 했고 단체 사진을 찍기도 했다. 이

행사가 미국의 CNN 방송에 보도되었다고 했는데, 개인
석으로는 보지 못했다.

한 식사 자리에서 마침 프랑스어를 하는 영국 출판사
대표님이 옆에 앉게 되어 이야기를 나누었는데, 영국에서
는 혹시 친북 지식인들이 이 작품을 공격하지 않았느냐고
물으니 전혀 없었다고 대답했다. 또한 영국에서는 출간된
지 채 2개월도 안 되었는데 이미 2쇄를 찍었다고 해서 나
를 부럽게 만들었다. 왜냐면 프랑스에서는 이 작품을 매
도한 몇몇 한국인 및 프랑스인 들의 인터뷰 및 기사들이
알게 모르게 전역에 퍼져버린 탓인지 판매율이 기대에 미
치지 못했기 때문이었다. 프랑스라는 나라가 여러 면에
있어서 상당히 특이한 나라임을 다시 한번 실감하는 자리
이기도 했다.

비록 많은 우여곡절이 있었고 작품 선정에 불만을 품
은 여러 사람들로부터 뭇매를 맞기도 했지만, 나는 결코
나의 선택을 후회하지 않는다.

그러던 어느 날 『고발』의 독일어 번역가가 독일 출판
사가 의뢰해온 이 작품의 번역을 수락할 것인지 말 것인
지 망설이며 내게 메일을 보내왔다. 우파 성향을 가진 한

국 출판사에서 나온 이 작품을 번역하는 데 문제가 없었는지 우려하면서. 나는 그 메일에 간단한 답변을 보냈다.

"저는 이 작품의 정치적인 성향과 관계없이 단순히 문학적인 질만 판단해서 선택, 소개했고 번역했습니다. 한국의 좌익이든 우익이든 정치판에는 전혀 관심을 두지 않았지요. 한국문학 작품을 소개하는 기획인이자 번역가로서 이 작품의 문학적 가치를 인정합니다. 그리고 북한 주민들이 알며 모르며 겪는 불행한 실상들을 세상에 널리 알리고픈 사명감도 상당한 기여를 했고요"라고. 그 번역가는 결국 반디 작가의 단편집 번역을 수락했고, 무사히 책이 나왔다는 소식을 나중에 알려주었다.

한 가지 유감인 것은 반디 작가의 후속 작품을 낼 수 없다는 점이었다. 반디 작가가 북한 체제의 응달에서 계속 글을 쓰고 있는지, 써놓은 글들이 있는지조차도 알 수 없는 실정이고, 설사 있다 하더라도 그 작품들을 북한에서 빼내오는 일만 해도 목숨을 건 위험한 일이기에 참으로 안타까운 현실이 아닐 수 없다.

카멜레온 문학상과
김탁환 작가와의 재회

2017년 초 어느 날, 나는 프랑스의 리옹 제3대학 한국어과 학과장인 이민숙 교수로부터 전화 한 통을 받았다. 리옹 제3대학에는 해마다 한 나라를 지정해 그 나라의 다양한 문화 행사를 여는 축제가 있는데, 2018년이 한국의 해로 지정되었고 그 행사의 일원으로 카멜레온 문학상 후보작들을 선정해야 한다고 했다. 여러 출판사에서 나온 한국문학 작품을 검토하고 있는 중인데, 필립 피키에 출판사에서 출간된 한국 작품들의 목록도 필요하다고 해서 나는 주요 작품을 추려서 보내주었다.

그리고 얼마 후 이민숙 교수는 최종 심사에 오른 세 작품을 통보해왔는데, 그중 두 작품이 내가 번역한 김탁환 작가의 『방각본 살인 사건』과 김연수 작가의 『파도가 바다의 일이라면』이었고 나머지 한 작품은 한강 작가의 『채식주의자』였다. 학생들은 이 세 작품을 읽고 이듬해인 2018년 초에 투표를 통해서 수상작을 뽑도록 되어 있었다. 이 상은 상금은 없지만 번역가와 작가에게 각각의 이름을 한국어로 새긴 상패를 수여했다.

나는 또 이 교수의 초청으로 2017년 9월에 리옹 제3대학교 학생들에게 프랑스에서의 한국문학 작품 소개 현황과 번역의 문제를 주제로 콘퍼런스를 했다. 그로부터 몇 개월이 지난 2018년 1월 말, 김탁환 작가의 『방각본 살인 사건』이 수상작으로 선정되었다는 기쁜 소식이 날아왔다.

그 후 일사천리로 김탁환 작가를 프랑스에 초청하는 일정이 짜였다. 사실 김탁환 작가와는 2009년 여름에 필립 대표님과 함께 한국에서 만나 식사도 하고 커피도 마신 적이 있었다. 당시 그의 작품을 한창 번역하고 있는 중이어서 마침 한국을 방문한 필립 대표님께 그와 그의 다른 작품들을 소개하고 싶었다. 우리는 화기애애한 분위기 속에 작품에 대해서, 한국에 대해서도 논의했다. 그때의 첫 만남이 내게는 상당히 신선하면서 좋은 추억으로 남아 있었다.

『방각본 살인사건』은 2007년에 대산문화재단 번역 지원을 받아 2010년에 피키에 출판사에서 출간되었다. 이 작품은 조선의 르네상스를 꿈꾸던 젊은 천재들이 활동했던 18세기 정조 시대를 배경으로 한 역사 추리 소설이자, 김탁환 작가의 백탑파 시리즈의 첫 번째 이야기이다. 한국판이 상·하로 거의 700페이지에 달하는 방대한 분량에

다 옛 시조와 한문이 가득한 소설이라 솔직히 말해 일반 단행본 소설 한 권의 번역보다 몇 배나 어려웠고 시간도 더 소요됐다. 그래서 나는 지원 결정 당시 대산문화재단에 항의했었다. 이 작품의 지원금을 200~300페이지 소설 한 권과 똑같이 책정하는 것은 부당한 것이 아니냐고. 재단 측에서는 충분히 이해하지만 전례가 없는 경우이기 때문에 재고해볼 여지가 없다고 대답했다. 그러나 이를 계기로 이후 재단에서는 특별히 분량이 많은 작품에 한에서는 추가금을 지불하겠다는 규칙을 추가했다. 물론 지금은 번역원도 대산문화재단도 번역 지원금을 줄이고 작품의 분량에 따라 차등 지급을 하는 제도를 시행하고 있지만. 어쨌든 나는 대산문화재단 지원금만으로는 부족해서 프랑스 국립도서센터와 피키에 출판사의 도움도 요청했다. 결국 이 작품은 세 기관의 지원으로 프랑스에서 빛을 보게 된 셈이었다. 그러나 이렇게 많은 공을 들인 것에 비해 판매 현황이 기대치에 미치지 못하자 애석하게도 김 작가와의 인연은 계속 이어지지 않았다.

그런데 그로부터 9년의 세월이 지나 문학상이라는 좋은 인연으로 다시 만날 줄은 꿈에도 생각하지 못했다. 다만 그 시기가 공교롭게도 프랑스 철도청 동맹파업으로 인해 프랑스 전국에 교통이 마비되는 기간에 떨어져서 일이 번거로워졌다. 따라서 시상식이 있는 날 리옹까지 기차 대신 새벽 비행기를 타고 가야 했기에, 나는 그 전날 김탁환 작가를 공항에서 픽업해서 근처의 호텔에서 하룻밤을 묵어야 했다. 파리의 샤를드골 공항에서 9년 만에 그를 다시 만나니 반갑고 감회가 새로웠다.

나는 번역가이자 작가를 동반하는 통역가로서 모든 공식 행사에 참여했고, 작가와 함께 리옹 구도시와 신도시 그리고 사진과 영화의 역사에 개척자 역할을 한 뤼미에르 형제의 박물관을 방문하는 관광을 즐기기도 했다. 시상식 날 저녁에 학생들 약 100여 명(사실은 150여 명의 참석이 예정되었는데 파업 때문에 오지 못한 학생들이 많았다)과 리옹 제3대학 교수들이 모인 리옹 대학의 대강당에서 총장님의 인사와 함께 김탁환 작가는 자기소개와 수상에 대한 소감을 말했고, 그를 통역하고 난 후 나 역시 수상 소감을 간단히 이야기했다. 이후 『방각본 살인사건』을 읽은 대학생들과 질의응답 시간이 이어졌는데 학생들의 질문들이 아주 흥미로웠다. 작품을 열심히 읽고 연구한 티가 났다.

사실 나는 한국의 현대 삶을 배경으로 하는 두 소설을 제치고 이 작품이 수상작으로 뽑혔다는 소식을 들었을 때

약간 놀랐다. 『방각본 살인사건』은 추리물인 장르소설이 긴 하지만 앞에서도 언급했듯이 한국 18세기의 역사, 문화, 고문헌 그리고 한문 시조에 이르기까지 상당히 해박한 지식을 담고 있는 소설이다. 따라서 프랑스 대학생들이 소화해내기에는 다소 힘든 작품이라고 생각했는데, 막상 그들의 질문 수준을 봤을 때, 예상과는 달리 그들은 프랑스어 판으로 500페이지가 넘는 방대한 작품을 충분히 소화해낸 것 같았다.

흐뭇하기도 하고 신기하기도 해서 행사가 끝난 후 학생 몇몇을 붙들고 물어보았다. 이 방대하고 해박한 소설이 어렵지 않았냐고. 그들은 한결같이 전혀 어렵지 않았고 18세기의 한국 사회를 이해하게 해주는 아주 흥미로운 작품이라고 평했다. 그리고 매끄러운 번역 덕분에 더욱 쉽게 다가갈 수 있었다고 덧붙였다.

리옹의 한 큰 서점에서 이루어지는 독자와의 만남 때는 두 학생 대표가 와서 작품에 대한 자신들의 문학비평을 읽었고 대강당에서 하지 못했던 질문들을 하기도 했다. 이어서 우리는 리옹 대학교수들이 초청하는 마지막 저녁 만찬회에 참여하는 등 사흘간의 행사를 마치고 파리로 올라왔다. 파리의 한 서점에서도 독자와의 만남을 가졌고, 나머지 이틀은 파리 관광을 즐겼다. 원래는 파리에 사는 내가 안내를 해야 마땅한데 워낙 길치이다 보니까 김탁환 작가가 안내하고 나는 따라만 다니는 주객이 전도되는 일이 벌어져서 우리는 깔깔거리며 웃기도 했다.

이렇듯 나의 형편없는 방향감각은 한국에서 손님이나 친구들이 올 때마다 속절없이 드러나곤 했다. 그런 자신을 너무도 잘 알기에 나는 아예 처음부터 "나는 심각한 길치이니 길을 묻는 일은 삼가주세요"라고 솔직히 고백하곤 한다.

아무튼 김탁환 작가는 혼자서도 파리에서 보고 싶은 곳들을 곧잘 찾아다녔고, 마지막 날 저녁에는 파리에 있는 한 친구의 집에서 몇몇 한국 친구들과 저녁 식사를 함께하고 그다음 날 무사히 한국으로 귀국했다.

옥세르 국제 도서전과
공지영 작가의 프랑스 방문

2018년은 내가 번역한 작가들 중 두 명이 한 달 간격으로 연달아 초청되는 문학적으로 풍성한 한 해였다. 4월

에 김탁환 작가가 귀국하고 5월에 공지영 작가를 맞이했
으니,

옥세르는 파리에서 약 170킬로미터 떨어진 아담하고
오래된 도시이다. 이 도시에 사는 서점인이자 작가이기
도 한 그레구아르^{Grégoire}가 매년 5월 옥세르 국제 도서 축
제^{le Festival international du livre Caractères à Auxerre}를 조직하는
데, 2018년에 여러 해외 작가들을 초청하면서 필립 피키
에 출판사의 두 작가도 초빙했다. 그들이 바로 일본의 오
토 이가와 작가와 한국의 공지영 작가였다.

공지영 작가의 『우리들의 행복한 시간』 『높고 푸른 사
다리』 『봉순이 언니』 등 세 작품이 이미 피키에 출판사에
서 출간되었기 때문에 옥세르 도서 축제에서는 이 세 작
품을 중심으로 토론을 진행할 예정이었다.

공 작가는 오토 이가와 팀과 파리에서 하룻밤 묵고 다
음 날 같은 기차를 타고 옥세르로 가도록 예정되어 있었
다. 기차를 타기 전에 나는 파리의 한 식당에서 공 작가와
단둘이 만나 점심을 함께했다. 나는 작가의 『높고 푸른 사
다리』와 『봉순이 언니』를 번역한 바 있고 미디어나 SNS
또는 입소문을 통해 작가에 대해 많이 들어왔지만 직접
대면하기는 그때가 처음이었다. 내가 느낀 첫인상은 그녀

가 아주 호탕하고 강한 성격의 소유자라는 것이었다. 그녀의 작품을 통해 예상하고 느낀 바 그대로였다.

약 1시간가량 기차를 타고 도착한 옥세르는 아주 아름답고 평화로워 보이는 소도시였다. 우리를 위해 예약해놓은 4성급 호텔 앞을 유유히 흐르는 욘Yonne강이 가슴을 확 트이게 해주면서 동시에 낭만적이고 쾌적한 풍경을 자아냈다. 호텔에 짐을 풀고 나서 공 작가와 나는 도시를 한 바퀴 돌았는데, 콜롱바주 양식의 건물들이며 중세 시대에 지은 성당 등 오래된 도시의 냄새가 물씬 났다. 또한 이 도시의 한복판에 옛 수도원이 있었는데, 도서 축제가 바로 여기서 이루어진다고 했다. 사람들이 도서전 준비로 바삐 움직이는 모습이 보였다.

이튿날 아침, 공지영 작가는 한 고등학교에서 학생들과 만났다. 학교에 도착하니 약 30명의 학생들과 프랑스어 선생님이 우리를 기다리고 있었다. 선생님은 이 날을 위해서 6개월 전부터 학생들과 함께 공 작가의 세 작품을 읽고 공부했다면서, 이렇게 먼 걸음을 해주신 작가님께 감사드리고 또 직접 만나 뵐 수 있어서 학생들은 물론 자신도 영광이라고 했다. 이어 공 작가의 간단한 자기소개에 이어 학생들의 질문 시간이 이어졌는데, 6개월간 작품들에 대해 공부한 티가 역력히 드러났다. 고등학생의 질문이라고 믿기 어려울 정도로 질문 수준이 높았고, 그들의 관심은 작품에 대해서뿐만 아니라 한국의 역사·사회·문화에 이르기까지 다양했다. 마지막에는 번역 작업에 대해 나에게도 한두 가지 질문을 했다. 1시간 내내 반짝거리는 눈빛들 앞에서 공 작가도 열정적으로 대답했고, 나 역시 열정적으로 통역을 했다. 정말로 모두에게 흥미진진한 시간이 아닐 수 없었다.

이렇게 첫 스타트를 잘 끊어서 그런지, 그다음 날 대강당에서 약 150여 명의 청중 앞에서 토론자로 나선 서점인이자 작가 그리고 도서전 책임자인 그레구아르와 공지영 작가의 대담회 역시 대성공으로 끝났다. 대담이 끝나자 청중들이 모두 일어서서 우레와 같은 기립 박수를 쳤다. 공 작가와 나는 몸 둘 바를 몰라 하며 어색하게 서 있다가 박수가 멈출 줄 모르며 길어지자 약간 부끄럽기도 해서 얼른 대강당을 빠져나와버렸다. 연극 무대에서처럼 퇴장했다가 다시 나올 수도 없는 노릇이었으니.

이어서 공 작가는 사인회를 했는데, 대담회에서 깊은 감명을 받아서인지 상당수의 독자들이 사인을 받기 위해 꽤 긴 줄을 이루었다. 대담회에서 공 작가는 자신이 상당히 보수적이었던 한국 사회에서 이혼을 세 번이나 했고 지금은 홀로 세 아이의 엄마로서 자랑스럽고 당당하게 살고 있다고 스스럼없이 이야기했는데, 사인 받으러 온 여러 여성 독자들이 공지영 작가의 대담성과 용기에 박수를 보낸다고 칭찬을 했다.

다음 날은 각자 원하는 책 한 권씩을 독자들에게 소개하는 작가 브런치와 번역가 브런치 시간이 있었다. 공 작가는 장강명 작가의 『한국이 싫어서』를, 나는 김탁환 작가의 『방각본 살인 사건』과 반디의 『고발』을 소개했다. 모든 일정을 성황리에 마치고 파리로 돌아오는 날, 도서전 측에서 고맙게도 옥세르의 명품 중 하나인 샤블리 포도주를 우리에게 선물했다.

파리로 돌아온 공지영 작가는 주불 문화원 잡지 팀 그리고 프랑스의 한 기독교 잡지 『라 비^{La vie}』의 기자와 인터뷰를 했다. 공 작가의 방문을 계기로 파리에 살고 있는 한인 여성들 약 15명이 저녁 파티를 준비했다. 김탁환 작가를 맞이했던 서점에서 독자들과의 만남을 가진 후 뒤풀이 겸 마침 근처에 사는 한 친구 집에 각자 음식이나 디저트를 가지고 모였다. 같은 파리 하늘 아래에 살아도 서로 처음 보는 낯선 얼굴들이 많아 돌아가면서 자기소개를 하는 시간을 가졌다. 내 차례가 되자 나는 공 작가의 소설 제목을 인용하면서 자칫 '봉순이 언니'가 될 뻔하다가 파리에까지 오게 되었다고 농담했다. 모두 웃음을 터뜨리며 호기심 어린 눈으로 나를 쳐다보았다. 그네들의 호기심을 채워주기 위해 나는 어린 시절 화투에 빠져 중학교도 포기할 뻔했던 이야기를 잠시 풀어놓았다. 그 이후 그날 저녁 모임에 참여했던 몇몇 친구들은 나를 두고 '화투에 미친 소녀'라고 가끔 놀리곤 한다.

모두들 한국에서 파리까지 와서 살게 된 나름의 사연들이 있으니 할 말은 많고 시간은 없고……. 마지막으로 공 작가의 차례가 되었을 때는 거의 새벽 1시가 다 되어막상 주인공인 공 작가의 말은 많이 듣지도 못한 채 헤어져야 했다. 나는 그다음 날 저녁 주프랑스한국문화원에서 공 작가를 소개하고 통역해야 하는 큰 행사를 치러야 했기 때문에 무조건 잠을 자야 한다는 스트레스도 있어서, 우리는 새벽 1시를 조금 넘겨 아쉬움을 안고 해산했다.

주프랑스한국문화원에서의 행사는 대성공이었다. 문학비평가이자 작가이기도 한 선 로즈^{Sean Rose James}가 토론자로 참가해 공 작가의 세 작품을 중심으로 문학 콘퍼런스를 진행했다. 행사는 좁은 문화원 강당이 미어터질 정도로 예외적인 대성황을 이루었다. 150명 이상의 청중들이 모였고, 이중 반은 파리에 거주하는 공 작가의 한국 팬들이었다.

콘퍼런스가 끝나자 문화원 원장님이 내게 다가와서 하신 말씀을 나는 아직도 기억하고 있다. "문화원 역사상 가장 질 높은 문학 콘퍼런스였고, 가장 많은 청중 수를 기록했습니다." 사실 그날 저녁 행사는 내게 좀 버거운 것이었다. 작가이자 비평가인 선 로즈의 지극히 문학적이고 다소 현학적이기까지 한 발언들을 동시통역하다시피 해야 했고 이어서 곧바로 공 작가의 대답을 통역해야 했으니 동시통역 훈련을 받지 않은 나는 초인적인 집중력을 발휘해야 했다. 그 힘든 순간을 어찌 넘겼는지 지금 생각해도 아찔하다. 천만다행으로 결과가 좋았으니 그것에 감사할 따름이다. 꽤 많은 독자들이 사인을 받기 위해 길게 줄을 섰고, 사인회가 끝나자마자 공 작가와 나 그리고 필립 대표님은 웅성거리는 청중을 뒤로하고 얼른 문화원을 빠져나와 근처에 있는 한국 식당으로 갔다.

맛있는 포도주를 곁들인 저녁 식사를 하면서 우리는 공 작가의 번역 차기작에 대해 논의했다. 나는 기회다 싶어 이미 한번 소개한 바 있는 『도가니』를 적극 추천했다.

처음 소개했을 때는 내용이 너무 충격적이라고 꺼려했지만, 그동안 저 세계적으로 미투 운동이 일어났고 온갖 종류의 성폭행 사건 고발이 잇달아 난무하는 프랑스의 당시 사회적 맥락을 고려해볼 때『도가니』가 동떨어진 딴 세상의 이야기라고만은 할 수가 없었다. 그날 저녁 필립 대표님은 흔쾌히 출판하겠다는 승낙을 했고, 이 작품은 2020년 9월에『침묵의 아이들』이라는 제목을 달고 필립 피키에 출판사에서 출간되어 지금까지도 독자들의 좋은 반응을 얻고 있다.

공지영 작가는 옥세르에서의 3박 4일 일정과 파리에서의 2박 3일 일정을 성황리에 마치고 한국으로 무사히 귀국했다.

사엘라 만화 출판사와의 인연

2018년 초 어느 주말, 다른 여느 주말과 마찬가지로 한국 작품 베스트셀러 및 새로 나온 작품 목록을 뒤지던 중 우연히 송아람 작가의 그래픽노블『두 여자 이야기』에 눈이 갔다. 그림과 제목이 일단 마음에 들어 미리보기를 읽고 난 후 나는 당장 한국 에이전트에게 PDF를 보내달라고 했다. 약간의 페미니즘이 포함된 주제와 작품성 및 그림 등이 아주 흥미로웠다. 나는 약 13페이지가량의 샘플 번역을 하고 작가 소개와 작품 시놉시스를 만들어서 내가 알고 있는 몇몇 출판사에 보냈으나 묵묵부답이거나 거절의 답이 돌아왔다. 그러다가 혹시나 해서 한 번도 함께 일해본 적은 없지만 독창적인 만화 작품을 출간해내는 출판사라고 평소에 눈여겨봐 둔 사엘라Ça et là 출판사에 보내보았다.

이미 여러 번 퇴짜를 맞은 상황이라 별 기대 없이 보냈는데, 웬걸, 일주일도 채 안 되어 출판사 대표가 바로 전화를 걸어와 작가와 작품에 대한 좀 더 자세한 정보를 물어왔다. 이후 일사천리로 작가 및 번역가 계약서가 오갔고, 출판사가 번역 지원을 받고자 해서 한국문학번역원과 연결해주었다. 따라서 번역원의 지원 하에 번역 작업이 진행되었고, 이어 2018년 9월에 작품이 출간되었다. 그리고 몇 달 후인 11월 말에 이 작품이 앙굴렘 국제 만화 페스티벌의 황금 야수상Fauve d'or 공식 경쟁 부문의 후보작으로 선정되었다는 소식이 날아왔다. 앞의 두 행사에 이어 이렇게 또 좋은 소식이라니! 2018년은 내게 있어 참으로 흥미룹고 다사로운 한 해였다.

이무튼 출판사 대표는 자신이 출간한 첫 한국 작품이 단번에 양호한 결과를 얻은 것이 상당히 만족스러웠는지, 나와 마침 12월 초 파리에서 열린 아동 도서전을 위해 파리에 방문한 에이전트를 함께 점심에 초대하기까지 했다. 그날 그는 앞으로 한국 만화에 지속적으로 관심을 가질 예정이니 괜찮은 작품이 있으면 언제든지 소개해달라고 부탁했다.

송아람 작가를 앙굴렘에 초청했다는 소식을 듣고 내가 작가 통역자로 기꺼이 동반하겠다고 제안했으나 출판사 대표가 눈썰미가 있어서 그런지 그 작은 출판사에서 나온 작품들 중 무려 세 권이 그해의 공식 경쟁 부문에 올랐다고 했다. 워낙 소규모인 출판사에서 세 작가를 동시에 초청해야 되다 보니 예산이 부족해서 아쉽게도 나의 통역비 및 숙박비까지 지불하기에는 여의치 않다고 토로했다. 송아람 작가의 출장비 일부를 번역원에서 지원받았음에도 불구하고. 그는 파리에서도 행사가 있으니 그때 작가와 함께 만나자고 내게 제의했다. 다행히도 송아람 작가가 영어를 구사할 줄 알아 그게 가능했던 것이다.

송아람 작가는 이 기회에 해외 가족여행도 할 겸해서

남편과 중학생인 아들을 동반해 프랑스로 왔고, 앙굴렘에서 사인회 및 여러 행사에서 좋은 반응을 얻고 파리로 왔다. 파리에서는 주프랑스한국문화원과 서점 두 군데에서 행사를 치렀고, 나는 주프랑스한국문화원 행사 때 작가와 첫 인사를 나누었다. 그다음 날 두 여성 동성애자 커플이 운영하는 파리의 한 서점에서는 번역가 자격으로 토론에 참석하기도 했다. 이날 행사는 서점 대표 한 명이 질문하고 송 작가가 영어로 대답하고 출판사 대표가 프랑스어로 통역하는 방식으로 진행되었다. 그날 저녁 독자들과의 만남이 끝난 후 출판사 대표가 작가 가족과 나, 서점인 두 분 그리고 이들의 친구 두 분 등을 근처의 식당으로 초대해 즐거운 회식 시간을 가졌다.

이때 나는 아주 재미있게 읽은 송 작가의 또 다른 그래픽노블 『자꾸 생각나』를 적극 추천했다. 이삼십대 젊은 만화가들의 삶과 사랑 이야기를 현미경으로 들여다보듯 사실적으로 그려낸 작품인데, 밀고 당기는 연인들의 심리묘사와 다음 페이지를 궁금하게 만드는 작가의 노련한 이야기 솜씨가 매력적이었다. 나는 이미 이 작품을 약 40페이지가량 샘플을 번역하고 시놉시스를 더해 송 작가가 오기 훨씬 이전부터 강력히 추천했었다. 내가 너무 반복해 추천하니까 출판사 대표 왈, 언젠가는 출판할 테니 너무 걱정하시 말라며 웃어넘겼는데, 아마도 그가 망설인 이유는 600페이지가 넘는 방대한 분량의 작품이라는 점과, 인물 위주이고 배경 그림이 거의 없다는 점 때문인 것 같았다. 그보다도 송 작가의 새로운 차기작을 더 기대하는 것 같기도 했다. 아쉽게도 이 작품은 아직 프랑스에 출간되지 않은 상황이다.

송아람 작가 가족은 스페인으로 떠나기 전 파리에서 며칠 더 머물렀는데 그 기간을 이용해 나는 파리 근교에 살고 있는 한 친구 한-프랑스 커플과 송 작가 가족을 나의 집에 초청해서 맛있는 저녁을 함께하며 즐거운 시간을 보냈다.

아무튼 사엘라 출판사 대표는 자신이 말한 바대로 한국 작품에 계속 관심을 가지고 이후에도 내가 소개하고 번역한 두 개의 그래픽노블, 김성희 작가의 『오후 네시의 생활력』과 이동은과 정이용 작가의 『환절기』를 2021년과 2022년에 각각 출간했다.

몽펠리에 한국문화 축제

남프랑스 도시 중 하나인 몽펠리에의 무용가이자 무용감독이기도 한 남영호를 중심으로 2015년에 '여기 한국이 있다^{Corée d'ici}'라는 한국문화 축제가 조직, 탄생되어 매년 11월에 꾸준히 개최되었다. 이 축제의 행사 중 하나는 매년 프랑스어로 번역된 한국문학 한 작품을 선정하고 그 도서를 100권 정도 구입해 일부는 몽펠리에의 두 고등학교에 보내 학생들에게 읽힌다. 나머지는 일반 독자들을 대상으로 독후감 대회를 열어 참여자에게 선착순으로 책을 나누어준다. 물론 책을 받은 고등학생들도 이 대회에 참여할 수 있다. 그리고 11월에 작가를 초청한다.

2019년 7월, 남영호 회장이 전화를 걸어와 작품과 작가 선정을 부탁해왔을 때, 나는 서슴지 않고 권정현 작가와 그의 소설 『칼과 혀』를 제안했다. 내가 이 작품을 피키에 출판사에 소개한 이유는 등장인물들이 독특했고, 특히 세 주인공 중 한 명인 일본 장군의 안티 히어로적인 성격, 다양한 중국요리에 대한 묘사, 제2차세계대전에서 서양에는 잘 알려지지 않은 만주를 배경으로 한 이야기와 위안부 이야기 그리고 작품의 문학성에 매료되어서였다. 이 작품은 2019년 가을에 피키에 출판사에서 나올 예정이어서 책이 이미 민들이긴 상태였고, 필립 대표님과 편집장님이 극찬을 아끼지 않은 소설이기도 했다. 또한 홍보용 도서를 읽은 기자나 도서관 사서 들이 작가에 대해 문의해오기도 했고. 게다가 권 작가는 내가 번역을 하면서 의사소통을 가장 많이 한 작가이기도 하고 한국에 갔을 때 여러 번 만나서 친분을 쌓은 작가이기도 했다. 따라서 11월 초청 건은 여러모로 적절한 선택이었다.

그는 파리에 도착해서 하룻밤을 우리 집에서 묵고 그 다음 날 나와 함께 기차를 타고 몽펠리에로 갔다. 우리는 페스티벌 주최 측에서 예약해놓은 메르퀴르 호텔에 짐을 풀고 그날 저녁에 열린 페스티벌 개막식에 참여했다. 그 다음 날 아침에 책을 나누어준 두 고등학교 중 한 곳을 방문했다. 안내를 받아 간 곳은 계단식으로 이루어진 강당이었고, 나이 지긋한 교사와 약 30여 명의 학생들이 우리를 기다리고 있었다. 교사는 반갑게 우리를 맞으면서 『칼과 혀』에 대해 학생들과 많이 공부했으니 아마도 좋은 질문들이 나올 것이라고 자랑스럽게 말했다. 아니나 다를까 그들의 질문은 그들이 책을 완독하고 내용을 완전히 소화했음을 역력히 드러냈다. 특히 권 작가가 개인의 사생활을 잠깐 언급했을 때는 그들의 눈이 더욱더 초롱초롱 빛을 발했다. 질의응답 시간이 끝나자마자 몇몇 학생들이 계단에서 내려와 권 작가의 메일 주소를 요청했고 그와 함께 사진을 찍기도 했다.

이틀째 되는 날 오후는 두 번째 고등학교를 방문했는데, 페스티벌 협회 기획 책임을 맡은 여자 분의 안내를 받아 도착한 곳 역시 계단식 강당이었다. 그 강당에 드문드문 앉은 학생 약 20여 명이 우리를 반갑게 맞았다. 나는 작가와 나에 대한 간단한 소개를 한 후 학생들에게 질문을 하라고 했다. 이어 약 50분간 열띤 질의응답 시간을 가지고 있는데 갑자기 누군가 문을 열고 들어왔다.

머리가 희끗하고 호리호리한 오십대 중후반으로 보이는 남자 분이었는데, 들어오자마자 화가 잔뜩 난 얼굴로 "아니, 도대체 여기서 뭣들 하고 있느냐?!"며 소리쳤다. 나와 권 작가는 물론 학생들 모두가 당황해하고 있는데, 강당 위쪽에 앉아 있던 페스티벌 기획 책임자가 핏대를 세우며 내려와 "당신이 뭔데 여기 와서 이 난리를 피우냐? 우리는 허락을 받고 이 강당을 사용하고 있다"라고 소리치며 맞섰다. 그러나 자신을 이 학교의 교장이라고 밝힌 남자 분 앞에서 기획 책임자는 바로 고개를 숙이며 사과

해야 했다. 교장선생님 왈, 학교 도서실에 선생님들과 학생들이 거의 1시간 전부터 만반의 준비를 갖추고 각기를 기다리고 있는데 여기서 이러고 있으면 어떻게 하느냐는 것이며, 지금 빨리 자리를 옮겨야 한다고 했다.

도서실로 가는 길에서 교장선생님은 화를 낸 것에 대해 나와 권 작가에게 정중히 사과했다. 그리고 도서실에 도착한 나는 교장선생님이 왜 화를 내셨는지 금방 이해할 수 있었다. 100여 명이 훨씬 넘는 학생들이 바닥에 옹기종기 모여 앉아 있었고 도서관 사서와 여러 선생님들이 그 옆에 서 계셨다. 이 많은 사람들이 작가와의 만남을 위해 한 시간가량이나 애타게 기다리고 있는데 우리는 엉뚱한 데서 시간을 보내고 있었으니 왜 화가 나지 않았겠는가. 학교와 페스티벌 측의 정보 전달에 오류가 있었던 것 같았다.

거의 140명에 가까운 학생들이 모인 가운데 우리는 처음부터 새로 시작했다. 작품과 작가 그리고 번역에 대한 질의응답 시간이 너무도 열띤 분위기 속에서 진행된지라 모두가 시간 가는 줄 몰랐고, 어느새 예정된 50분의 시간이 훌쩍 지나 종이 울리자 학생들 모두가 입을 모아 "어머, 벌써? 너무 아쉽다!"라고 푸념을 늘어놓기에, 나는 그

다음 날 몽펠리에 시립도서관에서 독후감 대회 시상식 및 질의응답 시간을 다시 가질 예정이니 작가와 더 이야기를 나누고 싶은 사람은 그때 오라고 하면서 위로했다. 우리를 안내만 하고 가신다던 교장선생님도 결국엔 끝까지 남아서 만남의 시간이 끝나자마자 내게 다가와 아주 흥미진진한 문학 토론이었다고 극찬을 하고 가셨다.

사흘째 되는 날, 우리는 몽펠리에 중심가에 있는 전원주택의 분위기를 풍기는 한 아름다운 식당에서 필립 대표님과 플로랑스 편집장님과 함께 맛있는 점심을 먹은 후, 독후감 시상식 및 질의응답 시간의 행사가 오후 2시에 예정된 시립도서관으로 걸어가고 있었다. 도중에 남영호 회장의 전화를 받았는데 오늘 몽펠리에 시가 전차와 버스가 동맹파업을 하는 날이라 학생들은 물론 다른 청중들도 많이 못 올 거라고 걱정을 했다.

프랑스는 그런 나라였다. 언제 어디서든 동맹파업으로 대중교통을 마비시킬 수 있는 나라. 30년을 넘게 이 나라에서 살아온 나이지만 국민의 발을 묶어버리는 이런 동맹파업에는 여전히 적응을 하지 못하고 있다. 아니나 다를까, 도서관 강당에 도착하니 30명도 채 안 되는 독자들이 우리를 기다리고 있었다. 오고 싶어 했던 학생들이 많이 못 와서 아쉽긴 했지만 시상식과 질의응답 시간 그리고 사인회 등을 화기애애한 분위기 속에서 무사히 마치고 그다음 날 우리는 파리로 왔다.

당시 주프랑스한국문화원이 새 건물로 이사를 하고 있어 권 작가는 문화원에서의 콘퍼런스는 하지 못하고 대신 파리에 있는 두 서점에서 독자와의 만남을 가졌다. 한국으로 귀국하기 전날 밤에는 내 친구들 20여 명을 우리 집에 초대해서 각자 가지고 온 맛있는 음식을 나누어 먹으며 권 작가의 작품 일부를 발췌해 읽기도 하고 수다도 떨며 흥미로운 시간을 보냈다.

권정현 작가가 떠나고 몇 개월이 지나지 않아 코로나 19가 전 세계를 강타하는 바람에 2020년과 2021년 중반기까지는 모두가 거의 격리된 상황에서 지냈다. 국제적인 문화 및 문학 교류도 뜸해졌고, 몽펠리에 한국 축제도 2020년에는 온라인으로 이루어졌다. 2021년 6월에 나는 또다시 남영호 회장의 전화를 받았다. 2021년 한국 축제 때 문학 행사에서 내가 번역한 세 작품을 중심으로 작문, 그림, 비디오 등 다양한 수단을 이용한 독후감 대회를 조직하려고 하니 세 작품을 선택해달라고 했다. 나는 곧바로 2021년에 나온 주원규 작가의 『메이드 인 강남』과 편혜영 작가의 『선의 법칙』 그리고 2018년에 나온 공지영 작가의 『봉순이 언니』를 선정했고, 주원규 작가를 프랑스에 초청하자고 건의했다.

편 작가의 『선의 법칙』은 미국에서 홀리 잭슨 상을 받은 동 작가의 『홀』의 번역에 이어 프랑스 중견 출판사인 리바즈^{Rivages}가 두 번째로 의뢰한 작품이다. 이는 『홀』의 판매가 꽤 양호한 결과이고 이후 내가 번역하지는 않았지만 편 작가의 『서쪽 숲으로 갔다』도 같은 출판사에서 출간되었다. 주원규 작가의 『메이드 인 강남』은 한국 사회의 정경유착과 같은 부조리한 면을 폭로하는 사회파 추리소설이자 반전과 스릴이 넘친다는 장점에 끌렸다. 게다가 주무대가 프랑스인에게도 다소 알려진 서울의 강남이라는 점도 나의 컬렉션에 소개하고자 하는 마음에 한몫했다. 번역서를 읽은 편집장님도 아주 강한 인상을 주는 텍스트이며 진정한 페이지터너 소설이라고 칭찬했다.

이어 세 작품의 도서를 구입해 배부하고 홍보 문구와 포스터를 만들어 인터넷과 각 기관에 돌리는 작업이 순차적으로 이루어졌다. 영화계에 몸담고 있는 프랑스 여성 한 분이 나와 함께 심사 위원으로 참여했다. 이 모두가 한국문학번역원의 지원으로 이루어지는 행사인데, 코로나 바이러스가 여전히 판을 치고 있는 시기라서 그런지 작가 해외 초청 건에 관해서는 몇 번이나 메일을 보냈음에도 불구하고 번역원이 묵묵부답이라 남 회장과 나는 거의 포기 상태에 빠졌다. 이미 부탁해놓은 주프랑스한국문화원 문학 콘퍼런스 행사도 취소되는 건 당연지사였다.

그러다가 9월 말쯤 남영호 회장에게 연락이 왔다. 세 작품 중 적어도 한 작품의 작가는 와야 한다는 고등학생 및 일반 독자 들의 요청이 쇄도하는데, 페스티벌 주최 측에서 어떻게든 비행기표를 제공할 수 있으니 혹시 피키에 출판사에서 프랑스에서의 왕복 기차비 및 숙박비를 댈 수 없느냐고 문의해왔다. 나는 당장 피키에 출판사에 연락을 해서 가능성을 확인받아 남 회장에게 전달했다. 이렇게 주원규 작가의 프랑스 방문이 급조되어 모든 일정이 일사천리로 짜였다. 아쉽게도 주프랑스한국문화원 행사는 너무 늦은 탓에 포기해야 했지만.

권정현 작가와 달리 주원규 작가의 초청 건은 급하게 이루어진 관계로 축제 기간 3주 중 마지막 주에 왔고, 따라서 한국축제협회와 협력하는 두 고등학교 중 한 학교에서만 학생들과의 만남을 가질 수 있었다. 다른 한 고등학교는 그 전 주에 내가 가서 세 번역 작품을 중심으로 학생들과 질의응답 시간을 이미 가졌더랬다. 그리고 나는 한국축제협회와 협력하는 몽펠리에의 한 서점과 연락해서 독자와의 만남과 사인회를 조직했다.

주원규 작가는 몽펠리에 고등학생들과 가진 질의응답 시간, 서점에서 북 토크, 독후감 시상식에서 시상과 질의응답 시간 등 총 세 개의 행사를 무사히 마치고 파리로 왔다. 사실은 한국에서의 일정이 바빠 몽펠리에서 한국으로 바로 귀국하겠다는 작가님을 군이 파리로 모시고 온 이유는 파리의 한 서점에도 북 토크를 예약해놓았기 때문이었다.

내가 동반한 모든 작가들이 그랬듯이, 주원규 작가도 가는 곳마다 독자들의 관심을 한 몸에 받았고 흥미진진한 질의응답 시간을 가졌다. 파리에서 북 토크 이후 우리 집에서 저녁 파티를 하고 싶었으나 시간이 여의치 않아 서점 근처의 중국 식당에서 내 친구 및 지인 들과 간단히 식사를 함께하는 것으로 아쉬움을 달랬다.

몽펠리에의 한국문화 축제는 올해인 2024년이 10주년이자 마지막 행사가 될 것이라는 공고가 떴다. 아마도 좀 더 높이 날기 위한 잠시의 휴식이 아닐까라는 생각이

든다. 아무튼 이런 문화 행사를 조직하고 이어가는 데는 그 이면에 보이지 않는 얼마나 많은 사람들의 피땀 어린 노고가 필요한지 그 내막을 알기에, 나는 10년간 이 행사에 자신의 모든 열정을 불사른 남영호 회장과 그 팀 그리고 희생적인 노력을 아끼지 않은 많은 봉사자들에게 격려와 감사의 박수를 보내고 싶다.

몽펠리에 한국문화 행사가 이제 일단락되지만 프랑스인들의 한국문화에 대한 열정은 여전히 식지 않고 있어서 현재 프랑스 곳곳에서 한국문화 축제가 이루어지고 있고 또 새로 생겨나기도 하는 추세. 언젠가 이런 한국문화 축제에도 한국문학 행사와 작가를 초청하는 프로그램이 마련되어 앞으로도 또 다른 작가를 동반할 수 있기를 기대해본다.

방탄소년단과 아미와의 인연

코로나19의 여파로 약 4년간 한국을 방문하지 못한 관계로 2023년에는 꼭 고국에 다녀와야겠다고 연초부터 벼르고 있었다. 오랫동안 못 갔으니 이번에는 처음으로 약 두 달간 체류하는 걸로 비행기표를 끊었다. 4월 중순에 출발해 6월 중순에 파리로 돌아오는 일정으로.

모처럼의 휴가이니만큼 일거리는 최소로 줄이고 최대한 마음껏 즐기자는 생각으로 한껏 가슴 부풀어 있던 어느 날, 프랑스의 한 중견 출판사로부터 메일을 한 통 받았다. 한국 판타지소설 분야의 네 권으로 된 방대한 시리즈물의 저작권을 구매하기 위해 현재 경매 중인데 혹시 번역할 의향이 있느냐는 제의였다. 내게는 이미 진행 중인 번역 프로젝트가 있었고 일을 줄이자는 마음도 있는 데다가 각 권의 번역 마감 날짜들이 너무 타이트하게 짜여져 있어서 별 후회 없이 거절했다. 그로부터 약 일주일 후, 프랑스의 한 대형 출판사 출판인의 전화를 받았다. 같은 작가의 작품을 두고 내게 먼저 연락한 출판사와 경매에 붙은 회사인데 역시 번역을 의뢰해왔다. 이번에는 각 권의 번역 마감 날짜가 상당히 여유가 있어서 솔직히 말해 조금 망설였지만 그래도 모처럼의 여행을 망치고 싶지 않아 다른 번역가 친구의 연락처를 대신 주었다.

그런데 한국 출발을 약 2주 정도 남겨 둔 어느 날, 나는 또 다른 대형 출판사인 쉐이유에서 걸려온 전화를 받았다. 용건은 방탄소년단 데뷔 10주년을 맞아 전 세계에 동시에 출간될 강명석과 방탄소년단의 공동작인 『비욘드 더 스토리』의 번역을 의뢰하기 위함이었다. 징밀이지 모처럼 여행을 계획했는데 하필이면 그 시기에 왜 이리도 번역 제의가 연달아 들어오는지. 마치 운명이 나의 휴가를 방해라도 하려는 것 같았다. 무려 550페이지에 상당하는 작품을 한 달 반만에 번역해야 하는 작업이었는데 아무리 사진이 포함되어 있다고 하더라도 내 판단으로는 도저히 불가능했다. 그래서 바로 포기하려는데, 그분이 한 팀이 아니라 적어도 네 팀을 구성할 생각이라는 것이었다. 머릿속으로 빠르게 계산을 해본 결과 떠나기 약 2주 동안 100페이지 정도는 감당할 수 있으리라는 생각에 번역 승낙을 하고 내 친구 번역가들 세 팀을 추천했다.

이렇게 해서 우리 네 팀은 한 달 반 만에 무난히 목표를 달성할 수 있었고, 2023년 7월, 그 책은 계획한 바대로 전 세계의 출간 일정에 맞추어 빛을 보았다.

솔직히 말해, 이 작품을 번역하기 전까지만 해도 나는 방탄소년단의 세계적인 명성에 대해 말로만 들었지 그들의 음악 세계나 그들이 걸어온 삶의 여정에 대해서 완전 문외한이었다. 그런데 이 작품을 번역하면서 재능은 별로 없이 오로지 외모만으로 유명세를 얻는다는 아이돌에 대한 막연한 나의 선입관이 180도로 전도됨을 느꼈다. 한마디로 나는 그들의 고뇌와 지난하고도 열정적인 작업, 뛰어난 재능에도 불구하고 늘 잃지 않는 겸손의 미덕에 매료되었다. 책이 나오고 프랑스 최고 주간지 『파리 마치Paris Matche』와 인터뷰를 했을 때 이런 나의 솔직한 감상을 그대로 피력했다. 그리고 얼마 후 파리의 한 대형 서점에서 방탄소년단의 팬클럽인 아미ARMY가 본 작품을 홍보하는 날을 정하고 팬과 번역가 들의 만남을 주선했다.

　그날 뜻하지 않게 나를 감명시킨 한 사람을 만났다. 삼십대 후반에서 사십대쯤으로 보이는 한 여인이 다가와 번역가냐고 물으면서 자신이 산 두 권의 책에 사인을 부탁했다. 그러면서 그녀 크리스텔은 자신의 이야기를 했는데, 자신이 지금까지 살아 있는 것은 순전히 방탄소년단 덕분이라며 그들의 열렬한 팬이라고 했다. 이 아이돌 그룹을 알기 전에는 허리가 아파서 휠체어로만 이동할 수 있어 희망이라고는 눈곱만큼도 없는 어두운 절망의 구렁텅이 속에서 헤맸다고 했다. 그랬던 그녀가 삶의 난관을 딛고 일어서자는 불굴의 의지와 꿈과 희망의 메시지를 전하는 방탄소년단의 노래를 들으면서 살고 싶은 마음이 생겼고, 너무도 깊어 끝이 보이지 않을 것 같은 그 어두운 터널에서 빠져나올 수 있었다고 했다. 그러고는 마르틴 루터 킹 목사의 명언을 자신의 책에 한글로 써달라고 했다.

날지 못한다면 뛰어라,

뛰지 못한다면 걸어라,

걷지 못한다면 기어라…….

나는 물론 기꺼이 써주었고 우리는 좀 더 이야기를 나누다가 연락처도 교환하지 않고 그대로 헤어졌다. 그러나 그녀의 이야기는 나에게 깊은 인상을 남겼다. 한 예술가와 그의 창작이, 죽어가는 사람을 살릴 수도 있는 그 긍정의 힘이 얼마나 크고 강한지를 뼈저리게 느꼈다.

이후 나는 그녀를 한국문화 축제들에서 우연히 여러 번 마주쳤다. 우연도 세 번 겹치면 인연이라고 하지 않았던가. 우리는 결국 연락처를 교환했고 그녀와 그녀의 콤비인 밤비 그리고 또 한 사람의 한국 애호가이자 아미인 카롤-안, 이렇게 세 친구들을 우리 집 저녁 식사에 초대해 좀 더 깊은 우정과 인연을 맺었다.

방탄소년단과 관련해 내가 두 번째로 번역한 책『BTS Lyrics Inside』가 나왔을 때 크리스텔과 밤비가 관할하는 아미 그룹이 파리에 있는 한 한국 식당을 빌려 사인회를 열었다. 나는 출판사에서 약 20권의 책을 사 가서 행사에 참여한 아미들은 물론 책에 관심 있는 식당 고객들에게도 사인을 해 주었다. 이어서 아미들과 함께 책과 방탄소년단 노래 가사 그리고 한국문학 번역의 문제들을 중심으로 장시간의 질의응답 시간도 가지는 등 아주 흥미로운 하루를 보냈다. 또 밤비는 나를 아미의 공식 번역가로 지정하고 방탄소년단의 노래 가사 번역을 맡기기도 했다.

바로 뒤에서 언급할 '한국의 봄Le printemps coréen'이라는 행사에서 나는 또 하나의 중요한 인연이 된 안을 만나게 되었다. 그녀는 크리스텔과 밤비의 친구이자 열렬한 아미로서 팝 문화 및 대중문화를 비교 분석하는 전문가였다. 안은 나를 처음 보는데도 아주 친근하게 다가와 여러 가지 주제에 대해 수다를 떨었고 그렇게 우리는 순식간에 친해졌다. 행사가 끝난 이후에도 그녀는 계속 연락을 해 와 나와 뭔가를 함께하는 프로젝트를 만들고 싶다고 했다. 그러고는 2025년 5월에 나를 귀빈으로 초청하는 한국문화 행사를 자신이 살고 있는 브르타뉴 지방에서 열 계획을 세웠다. 그녀는 지금 이 행사를 조직하기 위해 분주하게 움직이고 있는데, 오는 9월 말 렌느라는 도시에서 있을 일본문화 축제에 부스를 하나 얻었으니 자신의 한국 축제 홍보 및 내 작품 사인회도 함께 열자고 해서 흔쾌히 승낙했다.

매번 느끼는 바이지만 아미들과 한국에 대해 이야기를 나눌 때면 그네들의 눈은 하나라도 놓치지 않겠다는 듯 늘 호기심으로 반짝이고 때로는 한국에 대해 나보다도 더 잘 알고 있음에 놀라움을 금치 못하기도 한다. 그리고 한국에 대한 그들의 헌신적인 사랑과 열정은 매번 나를 감복시키고도 남음이 있다. 아미들 대부분이 그들의 생의 가장 힘들고 어두운 시기에 방탄소년단의 노래를 만나 삶의 희망과 활기를 되찾아서 그런지, 하나같이 주변의 어려움에 늘 도움의 손길을 내미는 아름다운 마음을 가진 사람들인 것 같았다.

한국문화,
프랑스를 물들이다

2024년은 프랑스의 세 도시에서 조직한 세 개의 한국문화 행사에 초청되는 즐거움을 누렸다. 시작으로 퐁텐블로에 이웃한 약 2500명의 인구가 사는 샤이앙비에르라는 작은 도시에서 3월에 처음으로 열린 '한국의 봄' 행사에 참여했다. 이 행사는 우리 집에 초대한 세 아미들 중 하나인 카롤-안이 다른 한국 애호가들과 협력해서 몸과 마음을 다해 열성적으로 조직한 이벤트였다(나는 이 행사를 계기로 그녀를 알게 되었다).

나는 번역가이자 작가로서 내 작품들을 가져가 판매하고 사인회를 가졌고 방문객들의 상당한 주목을 받았다. 거기서 부스를 운영하는 사람들은 한국을 사랑하는 프랑스인들로서 한국 화장품이나 기타 한국 관련 물품을 판매하기도 했고 한국의 가수나 배우의 극성팬이라 자신들이 만들어온 수공 제품들을 판매한 수익금으로 그들이 사랑에 빠진 한국 연예인들의 생일이나 기타 가족 행사가 있을 때 선물을 사서 보낸다는 이들도 있었다. 한국 드라마의 배경이나 주인공들을 그려와서 판매하는 삽화가 마리-안도 있었는데 나는 단번에 그녀의 그림에 매혹되어 공동으로 그림책을 내보자는 프로젝트도 약속해서 지금 작업 중이다(이 작품은 『울보 공주와 바보 온달』이라는 제목으로, 2025년 초에 한-프랑스 이중 언어로 빛을 볼 수 있을 것이라 예상된다). 그리고 태권도, 검도, 합기도, 케이팝 댄서, 스퀴드 게임 놀이, 한국어 및 한국어 요리 아틀리에 등 정말이지 다양하고 흥미진진한 행사들도 진행되었다. 앞에서 잠깐 언급한 바 있는, 순식간에 나의 친구가 된 그 안이 준비하고 기획한 방탄소년난 노래 가사의 그리스 신화를 비교분석하는 상당히 독창적인 콘퍼런스도 열렸다.

이 행사는 첫 회임에도 불구하고 모두가 놀랄 만한 입장객 수를 기록했다. 거의 이름도 알려지지 않은 이 작은 도시에서 이루어진 축제로서는 커다란 성공이었다. 도시 부시장의 말에 따르면, 도무지 특별한 일이라고는 일어나지 않는 심심하기 그지없고 우울하기까지 한 이 소도시에서, 너무도 이국적이고 생소하기 짝이 없는 이러한 한국문화 행사를 펼치는 것은 주민들의 삶에 신선한 활력을 불어넣는다고 했다. 따라서 이 축제가 계속적으로 이어지도록 하기 위해 지원을 아끼지 않겠다고 했다.

두 번째로 초청받은 한국문화 행사는 리옹에서 5월 중순의 주말 동안 이루어졌는데 이 축제는 이미 몇 년 전부터 자리를 잡아 2024년도에는 6회째에 접어들었다. 두 층으로 된 대형 홀에 한국과 관련된 각종 물품을 판매하는 부스, 민간 협회 및 한글·서예·무술 등 교육센터의 홍보를 위한 부스의 수가 엄청났다. 1층에는 커다란 무대도 마련되어 각종 무술 시범, 아마추어 케이팝 댄서와 한국에서 직접 초빙된 케이팝 프로 가수들의 공연이 이루어졌다.

나는 네 명의 여성작가 초청 건으로 참여했다. 리옹 근교에 사는 작가이자 독립 출판사를 운영하고 있는 희경, 역시 리옹 근처에서 초등학교 교사로 일하면서 자서전적인 에세이를 출간해낸 한국 입양인 수자, 파리에 살면서 한국의 임진왜란을 배경으로 역사 판타지 소설 시리즈물을 낸 프랑스인 엘렌과 함께였다. 그런데 행사 규모가 워낙 크고 다양한 먹거리와 볼거리 들이 풍부하다 보니 솔직히 말해 문학에 대한 방문객들의 관심은 비교적 저조한 편이라 초대된 작가들의 얼굴엔 실망한 빛이 역력했다. 나 역시 실망하기는 마찬가지였으나 그래도 각자의 분야와 세계를 개척하면서 문학의 길을 걷고 있는 세 명의 여성작가를 만날 수 있었던 것은 흥미로웠다. 특히 한국인도 아닌 프랑스인이 임진왜란을 배경으로 소설을 쓴 것에 놀랐고, 그것은 평소 한국에 대한 그녀의 관심과 열정이 얼마나 대단한 것인지를 여실히 보여주는 것이기에 인상 깊었다.

세 번째 행사는 프랑스의 북동쪽에 위치한 메츠의 한 대형 서점에서 이루어졌다. 3년 전부터 한국과 한국문화의 열렬한 팬이 된 서점의 직원인 로르가 6월 22일 토요일 하루를 한국의 날로 정해서 한국문학뿐만 아니라 다양한 문화 행사를 펼치는 이벤트를 조직한 것이다. 평소에 번역가이자 기획가로서의 나의 활동들을 눈여겨봐온 그녀는 나를 자기 행사의 귀빈으로 초청하고 싶다고 제의해왔다. 작가도 아닌 번역가가 귀빈으로 초청받는 경우는 드물고 나 역시 처음 경험하는 일이기에 다소 황송한 마음이었지만 기분이 만점인 것은 어쩔 수 없었다. 나는 흔쾌히 승낙했고 곧 풍성하게 짜인 프로그램을 받았다. 이 많은 프로그램을 어떻게 혼자서? 하고 의아해했는데, 알고 보니 로르는 인근 도시인 낭시에서 이미 몇 해째 한국 문화 행사를 해오고 있는 민간협회인 'K54'의 도움을 받았다고 했다.

이 협회의 도움으로 아동들에게 한국동화 읽어주기, 종이접기, 고스톱, 한복 시범, 한국 역사 및 지리에 대한 콘퍼런스, 케이팝 역사에 대한 콘퍼런스 등이 프로그램으로 등장했다. 나는 행사 당일에 파리에서 갔기 때문에 오후에 서점인과 북 토크를 하고 사인회를 갖는 일정이었다. 도착해보니 낭시의 K54협회 멤버들이 서점 곳곳에서 한국 전통 놀이판을 벌이고 있었는데 놀랍게도 그들 모두가 프랑스인이었다. 사실 그날 축제에 참여한 사람들 중 한국인은 오로지 나 혼자뿐이었다. 그러니 한국을 사랑하는 프랑스인에게는 내가 귀한 손님일 수밖에.

나 이외에도 두 명의 여성작가가 더 초대되었는데 『케이 드라마의 가이드』라는 책을 출간한 삼과 소설 『나의 한국 남자 친구』 1·2권을 쓴 모드였다. 나의 북 토크는 내가 어떤 공부를 했고 어떤 계기로 프랑스에 왔으며 어떻게 번역가가 되었는지의 직업적 여정과 한국 작품을 프랑스어로 옮기는 것의 어려움 그리고 나의 번역으로 나온 정유정 작가의 『완전한 행복』과 공지영 작가의 『도가니』 등을 중심으로 이루어졌다. 독자들은 한국어와 프랑스어의 차이점과 두 문화의 차이점으로 인한 번역의 어려움 그리고 한국 사회의 어두운 면에 대해 주로 질문했고 나의 개인적인 경로에 대해서도 관심을 보였다. 그렇게 북 토크를 한 시간 동안 화기애애한 분위기에서 진행한 후 나는 사인을 위해 모드 옆으로 가 앉았다.

독자가 없는 한가한 틈을 타서 나는 그녀에 대해 궁금한 점을 물었다. 어떤 계기로 한국 연예인을 주인공으로 서울에서 일어나고 있는 사랑 이야기를 쓰게 되었는지에 대해(그녀는 북 토크 없이 사인만 하기 위해 초대되었다). 모드는 앙제라는 지방 소도시에서 포도주 생산업에 종사하고 있는데 한국에 가본 적도 없고 그저 한국 드라마를 즐겨보다가 중간중간 시간 날 때마다 자기의 상상력을 글로 써서 한 온라인 플랫폼에 연재했다고 했다. 거기서 프랑스의 한 대형 출판사 아셰트 로망Hachette Romans의 눈에 띄어 종이책으로 출판하기까지 되었다고 털어놓았다. 그리고 판매도 꽤 괜찮아 현재 서울을 배경으로 새로운 작품을 쓰고 있는 중이라고 해서 또 한번 나를 놀라게 했다. 한국에 대한 열정이 이제는 문학으로 작품화되기까지 하다니! 그때까지 나는 잘 모르고 있었지만, 사실 이러한 현상은 프랑스 출판계에서 이미 꽤 진행되어오고 있는 상황이었다. 이에 대해서는 3장에서 좀 더 언급하겠다.

1장을 열면서 나는 "방황의 늪"을 이야기했다. 한국의 시골 어촌 마을에서 태어나고 자란 내가 어떻게 해서 파리까지 오게 되었고, 그런 나에게 덮쳐온 방황의 늪 속에서 허우적거려야 했는지 그 삶의 여정을 다음 장에서 잠깐 풀어놓고 싶다.

2장.

운명의

방향

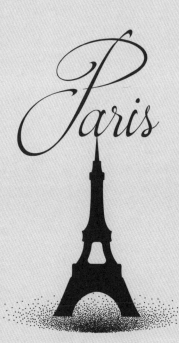

박사학위

1995년 12월 20일 오후 4시. 잊을 수 없는 날이자 순간이었다. 가슴 두근거리는 그날, 아니 두려움의 그날 때문에 나는 며칠 전부터 잠을 이루지 못했다. 한편으로는 마음속 저 깊숙이에서부터 희미하게 솟아오르기 시작하는 승리의 쾌감, 그러나 논문 발표라는 마지막 단계를 앞에 두고 언제 어떻게 생길지도 모르는 변수에 대한 불안과 초조, 이렇게 극과 극의 감정들이 엇갈려 안절부절못하던 시간들.

운명의 날이 바로 다음 날로 다가왔고 밤새도록 잠을 설쳤으면서도 나는 이른 새벽부터 부산하게 움직이기 시작했다. 먼저 딸을 유치원에 보내고, 그때부터 줄곧 요리를 했다. 논문 발표 후 축하 파티를 준비하기 위해서였다. 불행히도 논문 발표 날짜가 프랑스 전역에 퍼진 동맹파업

기간 동안이라 대중교통이 완전 마비되어 초대한 많은 친구들이 오지 못할 것 같아 애석한 마음이 들었다. 파리 근교에 살고 있는 한 한국인 친구는 너무도 오고 싶어 발을 동동 굴렀다는데 그 먼 거리를 택시를 타고 올 수도 없는 형편이라 하루 종일 애만 태웠다고 나중에 말해주었다. 그러나 심사 위원 교수들을 포함해 약 스무 명가량이 참석할 수 있었기에 갖가지 음식들을 장만해야 했다. 초대객들은 거의 프랑스인이나 다른 외국 학생들이었고, 나는 그들에게 고유한 한국 음식을 선보이고 싶었다.

그 많은 음식을 혼자서 준비하는 것은 꽤 엄청난 작업이었다. 며칠 잠을 설친 탓인지 현기증이 나 금방이라도 쓰러질 것처럼 몸이 피곤했다. 그러나 마음이 신나서인지 어디선지 모르게 억척스러운 힘이 솟아나 나를 지탱해주는 것 같았다. 물론 줄곧 기쁨에 들떠 있지만은 않았다. 요리를 하는 중간중간 곧 심판대 앞에 설 내 모습을 떠올리자 아찔한 두려움으로 몸이 오그라드는 것 같았다. 혹 심사 위원들의 질문에 답변하지 못해 쩔쩔매는 건 아닐까? 그들이 내 논문을 혹평하는 건 아닐지. 그래서 최악의 점수를 받는다면, 아니면 논문이 통과되지 못하기라도 한다면……. 이런저런 극단적인 상상들이 머리를 맴돌 때면 갑자기 요리를 하고 있던 손에 힘이 스르르 빠져나가는 듯했다. 만약 논문이 통과되지 못한다면 이렇게 음식을 장만한 노력이 헛수고가 되지 않는가. 또한 프랑스에서 바친 7년이라는 세월이 무의미해지지 않겠는가. 회의가 한바탕 파도처럼 밀려왔다. 축하와 기쁨이 없는 파티, 누가 그런 파티를 연단 말인가? 차라리 모든 걸 취소하고 말지. 내가 그런 비운의 주인공이 된다면……. 생각만 해도 슬프고 끔찍했다.

나는 이내 고개를 절레절레 흔들었다. 아니야, 그런 일은 일어나지 않을 거야. 쓸데없는 과대망상일 뿐이야. 나는 스스로를 그렇게 위로했다. 사실 그것은 단순히 위로를 위한 위로만은 아니었다. 왜냐면 이미 두 분의 주된 심사 위원들로부터 논문에 대한 일차 평가 보고서를 받았기 때문이었다. 그것은 박사논문을 발표할 자격 여부를 결정짓는 보고서인데, 여기서 탈락하면 6개월 내지 1년간 논문을 다시 수정해서 내야 할 판이었다. 다행히도 내 논문에 그들은 매우 긍정적으로 반응했고, 몇몇 세부적인 비판들을 제외하고는 리포트는 매우 긍정적인 내용이었다. 그 리포트를 받아 읽는 순간은 지금껏 내가 감내해온 온갖 스트레스와 고통들이 헛되지 않았음을 입증해주는 순간이었다. 나는 칭찬의 문장들을 한 줄 한 줄 음미하며 읽고 또 읽었는데, 그때마다 마음에서 솟아오르는 기쁨과 환희에 몸을 떨었다.

드디어 운명의 날 아침이 밝았고 가장 두렵고 가슴 떨리는, 마지막 심판 단계에 오르는 순간이 다가왔다. 잠을 제대로 못 자서 부석부석해지고 충혈된 두 눈을 비비며 일어나 25분간 발표할 요약문을 다시 한번 머릿속에 정리하려고 애썼다. 그러면서 또다시 회의에 빠졌다. 발가벗겨진 채 심판대에 서서 나를 겨냥해 무수히 쏘아 대는 날카로운 화살들을 나만의 방패로 거뜬히 받아넘길 수 있을까? 과연 그렇게 할 수 있을까? 사실 무엇보다도 그것이 겁났다. 나는 여전히 내 능력을 의심하고 있었기에. 이 의심의 근원 중 하나는 언어장벽이었다.

거의 7년을 프랑스에서 공부하면서 프랑스인 남편과 함께 살았기 때문에 나는 다른 한국인이나 동양인 들에 비해 프랑스어에 훨씬 빨리 익숙해지기는 했다. 그러나 그것이 모국어처럼 친숙해지지 않은 이상 프랑스어는 여전히 내게 장벽처럼 느껴졌다. 또 다른 불안의 원인은 내 지식의 한계였다. 7년 동안 전공인 역사 이론이나 교수방법론은 물론 기타 학습, 심리, 교육 등 여러 일반적인 이론들에 매달려왔다 하더라도 예리하고 날카로운 심사 위원 교수들의 질문과 비판을 즉각 소화하고 이에 즉흥적으로 맞설 정도의 지식수준을 갖추었는지가 의문스러웠다. 비록 그걸 갖추었다 하더라도 내 짧은 프랑스어 실력으로 질문에 알맞은 대답을 한다거나 교수들의 날카로운 비판에 응수한다는 일이 아무래도 쉽지는 않을 것만 같았기 때문이었다.

그러나 마냥 내 능력을 의심하고 있을 시간이 없었다. 대중교통이 마비된 상태라서 도로 사정이 복잡할 것이기에 재빨리 움직여야 했다. 고맙게도 남편이 하루 휴가를 냈고 시부모님도 지방에서 올라와 많이 도와주셨다. 우리는 논문 발표 후의 축하 파티를 위해 전날 준비해놓은 음식들을 차에 싣고 미리 예약한 대학 근처 호텔로 일찌감치 출발했다. 세 살 된 딸아이도 하루 유치원을 쉬고 우리와 함께했다. 나중에 들은 바에 의하면, 어린 나이에도 긴장되고 진지한 분위기를 알아차렸는지 거의 3시간 동안 전혀 불평 없이 조용히 심사 과정을 들었다고 했다.

25분간의 발표는 양호하게 진행되었다. 다만 심사 위원장의 졸린 듯해 보이는 눈초리, 별로 흥미를 느끼지 못한다는 듯한 태도가 마음에 걸리긴 했다. 분명 그가 혹평을 하리라는 예감이 들었다. 아닌 게 아니라, 발표가 끝나고 심사 위원의 질문에 대답하는 동안 그는 약간 거칠고도 공격적인 태도로 끼어들어 발표에 대한 설명을 요구해 왔다. 마치 나를 깔아뭉개려는 의도가 있는 듯했다. 아찔하긴 했지만, 나는 냉정을 되찾았고 그의 요구대로 최선을 다해 설명했다. 설명이 만족스러웠는지 어쨌는지는 모르겠지만 어쨌든 그는 더 이상 반박하지 않았다. 식은땀이 흐르는 긴장의 순간이었다.

마지막으로 그 위원장의 발언 차례가 되었을 때, 긴장감은 극도로 고조되었다. 그가 분명 내 논문 점수에 결정적인 영향을 미칠 수 있는 치명적인 혹평을 하리라는 예감이 들었기 때문이었다. 그러나 천만다행히도 예감은 빗나갔다. 그의 비평과 평가는 오히려 매우 긍정적인 편이었고 다만 몇 가지 의문점을 제기했는데, 지금 생각해도 어떻게 그랬는지 궁금할 정도로 나는 충분히 타당하고 현명한 방법으로 응수했던 것 같다. 물론 다른 심사 위원의 질문에도 마찬가지로 응수했다.

전반적으로는 긍정적인 평가를 받았고 나 역시 그들의 질문에 냉정하고 침착하게 그리고 합당한 방법으로 대응한 듯했기에 토론이 끝날 때쯤 나는 최고 점수를 받을 수 있으리라 거의 확신했다. 여러 번 보아온 학위논문 발표 사례들을 참작하건대, 이 정도의 양호한 분위기면 흔히 최고 점수로 이어지는 것이 상례였다. 그러나 최종 결과가 발표되자, 나의 확신은 뭉개졌다. 최고 점수인 '최우수'가 아니라 바로 그 아래인 '심사 위원 만장일치의 우수'였다. 확신이 컸던 만큼 큰 실망감이 나를 덮쳤다. 뭐랄까, 약간은 아쉽고 섭섭하고, 또 조금은 부당하다는 감상도 들었고…… 그러나 견딜 만은 했다. 적어도 심사 위원의 혹평을 듣거나, 질문에 답하지 못해 쩔쩔매는 꼴불견은 피했고 그냥 '우수'가 아닌 '심사 위원 만장일치의 우수'는 상당히 양호한 점수라는 생각이 들었기 때문이었다. 호텔에서 파티를 하는 동안에도 이런 생각이 계속 나를 위로해주었고 사람들의 축하를 받아들일 마음의 여유도 가지게 해주었다. 지도교수도 "당신은 오늘 내가 당신을 알게 된 이후로 가장 훌륭한 프랑스어로 가장 많은 말을 했어요"라고 웃으면서 축하해주었다.

이날 이후 며칠간 내 마음은 매우 복잡미묘했다. 길고 어두운 터널을 마침내 통과했다는 해방감과 최고 점수를 받지 못한 것에 대한 실망과 아쉬움이 뒤섞였다. 완전한 기쁨도 완전한 괴로움도 아닌 미적지근한 상태였다.

정말로 박사학위를 받았다고 실감하고 그에 대한 온전한 기쁨을 느끼게 된 것은 이런 어중간한 마음으로 며칠을 보내고 나서였다. 결국 나와의 싸움에서 이겼구나, 하는 승리감과 논문을 발표하는 내내 침착하고 당당했던 모습을 떠올리며 나는 뼛속 깊이 사무치는 기쁨을 맛볼 수 있었다. 그날의 행사는 나도 이제 내 분야에 관한 한 프랑스인들과 맞서 당당하게 응수할 수 있다는 자신감을 심어주었다. 얼마나 오랫동안 앓아왔던 콤플렉스로부터 해방된 것이었는지!

첫사랑과 프랑스

프랑스라는 나라를 알게 되고, 프랑스의 사상과 철학을 접하게 되고 또한 프랑스에 유학까지 오게 된 것은 순전히 나의 첫사랑 덕분이었다. 그는 철학을, 나는 교육학을 전공했다. 그가 특히 프랑스 철학에 심취해 있었던 까닭에 우리는 한국에서 석사과정을 마치고 프랑스로 유학을 떠나 박사학위를 받고 한국으로 돌아와 대학에서 교편을 잡을 계획을 세웠다. 연구하고 가르치고 토론하고 책을 쓰는 일이 우리의 공통 관심사이자 우리의 삶을 열정적으로 불태우는 길이라는 것을 둘은 너무도 잘 알았다. 따라서 우리는 대학원을 졸업하고, 그가 군복무를 6개월 과정으로 면제해주는 국가고시에 합격해 제대를 하는 즉시 프랑스로 떠나자는 만반의 계획을 세우고 있었다.

불행히도 그는 시험에 낙방했고 이루 말할 수 없는 그의 실망과 좌절은 우리의 꿈과 사랑을 한꺼번에 산산조각 내버렸다. 그는 세상을 원망했고 삶에 대한 의욕도 상실한 나머지 자신이 지금껏 맺어온 모든 인연과 단절을 원했다. 그렇게 내게도 결별을 선언하며 어딘가로 정처 없이 떠나버렸다.

그러나 나는 그의 절망과 고통을 이해하고도 남았기에, 그의 선언을 단순한 충동적 결단으로 받아들였고 언젠가 마음이 진정되어 다시 돌아오면 이 어둠의 순간을 함께 극복할 수 있을 것이라고 생각했다. 그때까지만 해도 깨지고 부서진 꿈의 조각들을 긁어모아 다시 붙일 수 있으리라는 실낱같은 희망을 가지고 그가 돌아오기만을 손꼽아 기다렸다. 나는 그의 군복무 기간인 2년 6개월을 기다리면서 대학 강의나 중·고등학교에서 교사 생활을 해 돈을 모아, 그가 제대하는 즉시 프랑스로 유학을 떠나리라는 새로운 그림을 마음속으로 그리고 있었다.

나는 마음을 다잡고 흔들리는 삶의 끈을 잡기 위해 부산하게 노력하기 시작했다. 대학에서 강의를 하기 위해 그동안 인연이 조금이라도 닿았던 교수님들을 열심히 찾아다녔다. 전문대학에도 이력서를 냈고, 당시 사립대학 출신이 교사가 되기 위한 필수조건인 교원임용시험 합격증을 들고 사립 중·고등학교의 문도 두드려보았다.

누가 그랬던가, 불행은 결코 혼자 오지 않는다고. 약 두 달간 행방을 감추었던 그가 어느 날 저녁 무렵 돌아왔다. 반가워할 시간도 없이 그는 대뜸 내게 다시 한번 이별을 선고했다. 나는 그의 말을 믿지 않았다. 여전히 자신의 삶을 자포자기하는 심정으로 내린 결단이라 여겨 그를 설득하려고 했다. 그리고 우리의 꿈을 이어가기 위한 새로운 계획에 대해서도 이야기했다. 그러나 그는 앞으로 자신을 도와줄 새로운 여자를 만났고, 그 여자와 함께 새로운 인생을 시작하고 싶다고 고백했다. 그 말 앞에서 나의 어떤 논증도 아무런 소용이 없음을 깨달았다.

그는 남은 옷가지를 대충 챙겨서 떠났다. 큰 책장을 빼곡히 채운 그의 책은 모두 남겨둔 채. 갑자기 방이 텅 빈 느낌과 함께 뼛속을 파고드는 고독감이 물밀듯이 밀려왔다. 겨우겨우 추스른 몸과 마음이 또다시 여지없이 무너졌다. 나는 꼬박 사흘을 고열에 시달리며 앓았다. 나는 지금도 그 지옥 같은 사흘을 생생하게 기억한다. 정신은 슬픔과 절망에 신음하고 몸은 고열에 시달리던 그날들을!

엎친 데 덮친 격으로 대학들에서 하나같이 강의를 줄 수 없다는 부정적인 대답만이 돌아왔다. 내가 석사를 막 졸업했고 강의 경험이 전혀 없다는 것이 이유였다. 또한 당시에 들리는 소문에 의하면 사립 중·고등학교 교사 자리조차 목돈의 비리금을 주지 않고는 얻기가 불가능하다고 했다. 전국의 중·고등학교는 교사들로 만원이고 도무지 신규 채용을 위한 빈자리라곤 없다는 것이었고, 어쩌다가 가뭄에 콩 나듯 사립중학교나 고등학교에 빈자리가 있다고 알려지면 너도나도 우르르 몰려들어 인맥과 돈줄을 들이대며 치열한 경쟁을 벌인다는 것이었다. 나로서는 그렇게 할 수 있는 인맥도 재력도 없었지만, 양심상 그것을 용납할 수도 없었다. 이럴 수도 저럴 수도 없는 참으로 서글픈 현실 앞에서 나는 매일 밤을 하얗게 지새우며 고민하고 갈등했다. 대학 4년을 공부하고 대학원 2년을 그토록 열심히 공부했지만 이 사회에서 전혀 쓰일 수 없다는 사실에 나는 절망했다.

살아가는 것이 막막했다. 사랑도 잃었고, 꿈도 잃었고 이제 기본 생활을 꾸려갈 최소한의 일자리조차도 찾지 못하고 있었으니. 망망대해에 침몰한 뱃조각에 의지해 파도를 따라 흘러갈 때의 심정이 이러할까? 나는 잠을 잃었고 식욕도 잃었고 내가 가까스로 매달려 있는 삶의 줄을 언제든 놓아버릴 수 있는 아슬아슬한 순간에 있었다.

절망 속에서 울린
한 통의 전화

학업을 이어갈 명목도, 생활을 버텨나갈 경제력도 없어지자 더 이상 도시에 머물 수 없었다. 대학원까지 졸업하고서 부모님께 생활비를 달라 계속 손을 내밀 수는 없는 노릇이었으니까 말이다. 일단 시골 부모님 집으로 가기로 했다. 그러나 거기서 무엇을 할 것인가? 넋 나간 사람처럼 먼 산만을 하염없이 바라보고나 있지 않을지. 그런 나를 두고 시골 사람들은 뭐라고들 수군거릴지. 거의 반 정신병자가 된 딸을 바라보는 부모님의 찢어지는 가슴은 어떠할지. 그것도 석사까지 한 고학력의 딸이.

시골에 내려가서는 청소와 빨래와 밥하는 일을 도맡아 했다. 육체적인 노동이 때로는 정신 건강 회복에 도움이 될 수도 있으니까. 부모님이나 형제 아무에게도 내 상황에 대해 이야기하지 않았다. 이야기해봤자 그들은 나의 심정을 이해할 리가 없었고 도움을 줄 수도 없는 처지이니 쓸데없는 걱정만 하게 만들 뿐이라는 생각이 들어서였다. 꿀 먹은 벙어리처럼 혼자서 실연의 슬픔과 미래에 대한 절망감을 삭혔다. 다행히도 그들은 내가 잠시 다니러 온 줄로만 알고 있었고, 나를 특별히 관찰하거나 별 신경을 쓰는 것 같지는 않았다. 단지 아버지가 지나가는 말씀으로 "너 요즘 왜 그리 바짝 말랐냐? 밥 좀 많이 먹고 살 좀 찌워서 올라가거라" 한마디 하시고는 그만이었다.

원래 마른 체질에 식욕조차 없었으니 당시 나는 바람 불면 날아가버릴 정도로 말라깽이가 되어 있었다. 게다가 불면증까지 겹쳤으니……. 아침에 일어나 밥하고 청소하고 빨래를 끝내고 나면 마루에 앉아 멍하니 하늘만 쳐다보았다. 어떤 날은 바닷가로 나가 하염없이 해변을 걸었다. 세 가지 불행이 한꺼번에 닥친 터라 도무지 어떻게 이를 극복해나가야 할지 대책이 서지 않았다. 머릿속은 백지가 되어버린 양 어떤 생각도 떠오르지가 않았다. 솔직히 말해, 나는 하루하루 무너져가고 있었다. 만일 어느 날 아침 내게 걸려 온 그 뜻밖의 전화 한 통이 없었다면 그 절망의 구렁텅이에서 영원히 벗어나지 못했을 수도 있을 것이다. 아니다, 뭐든 쉽게 포기하지 않는 내 성정으로 봐서 어떤 새로운 출구를 찾았을지도 모를 일이다.

아무리 힘든 상황이라도 어떻게든 무너지지 않고 잘 버티기만 하면 삶은 우리에게 항상 새로운 문을 열어준다는 사실을 나는 이후에도 찾아온 몇 번의 고비를 통해 터득했다. 하늘이 무너져도 솟아날 구멍이 있다는 속담이 괜히 나온 것이 아니지 않는가. 세상의 모든 것은 늘 변화무쌍하게 움직이기에 우리가 최악의 밑바닥으로 추락했을 때는 어쩔 수 없이 그보다는 나은 상황이 도래할 수밖에 없기 때문이다.

시골집에 내려온 지 한 달이 좀 지난 어느 날 아침, 아버지가 내게 온 전화라면서 전화를 바꿔주셨다. 전화를 거신 분은 다름 아닌 대구의 모 사립대학 교육학과의 학과장이셨다. 내게 강의를 줄 의향이 있으니 면접을 보러 오라는 것이었다. 그 소식은 마른 사막을 헤매던 내게 갑작스럽게 나타난 오아시스와 같았다. 나쁜 소식만 청천벽력처럼 오는 것이 아니라 기쁜 소식도 마른하늘에 날벼락이 떨어지듯이 올 수 있다는 걸 나는 그때 처음 알았다. 그 대학은 전에 부정적인 답을 주었기에, 나로서는 전혀 예상하지 못한 소식이었다. 처음엔 어리둥절했고, 그다음은 어둠에서 드디어 한 가닥 빛을 발견한 것 같은 기쁨과 새로운 희망이 샘물처럼 솟구쳤다.

그 한 통의 전화는 내 안에 숨어 있던 불굴의 의지를 다시금 일깨웠고 살아갈 용기를 새로이 불어넣어주었다. 나는 짐을 대충 챙겨 당장 대구로 갔다. 약속한 날짜에 면접을 보러 가니 내게 전화하신 학과장님이 다른 교수님 한 분과 나를 맞았다. 이 대학이 바로 내게 강의 경력이 없다면서 채용을 거절한 대학이었는데, 그날은 그 의견을 농담조로 번복하면서 두 분이 화통하게 웃으셨다. "아니, 금방 대학원을 졸업한 사람에게 강의 경력을 요구하는 건 닭이 먼저냐 계란이 먼저냐고 묻는 것만큼이나 어불성설이 아닌가요."

너무도 뜻밖의 소식에 흥분한 나머지, 내게 부정적인 대답을 쳤던 그 대학이 왜 갑자기 생각을 바꿨는지에 대해 미처 생각할 겨를이 없었는데, 그날 학과장님을 통해 내막을 듣고 가슴 뭉클한 감동과 깊은 감사의 마음을 느꼈다. 무너진 하늘에 솟아날 출구를 마련해주신 분은 다

름 아닌, 대학원 시절 나를 상당히 아끼셨던 연로하신 교
수님이셨다. 그분은 종종 자택에서 원생들에게 수업을 하
셨는데, 나도 한 학기 동안 그분 수업을 들었다. 그리고 절
망의 상태에서 시골로 내려가기 전에 그분 집에 들러 강
사 자리를 구하는 어려움을 호소했더랬다. 그분은 이미
오래전에 은퇴하셨고 대학계에 별 영향력을 행사하실 수
없다는 걸 잘 알았지만, 빽이라고는 눈곱만큼도 없는 가
난한 집안의 시골 출신이자 '여자'인 내가 지푸라기라도
잡는 심정으로 가능한 모든 문을 두드려보는 것 이외에
무엇을 할 수 있단 말인가.

나중에 알고 보니, 이 노교수님은 나를 강사로 채용한
그 대학 총장님의 옛 스승이셨다. 그 인연으로 자신의 옛
제자에게 나를 강사로 추천하는 장문의 편지를 쓰셨다는
것이다. 그러니 나의 면접은 총장님의 직접적인 지시에
의한 것이었다. 정말 뜻하지 않은 행운이자 복이었다. 나
의 복이라 함은 바로 인복, 즉 좋은 사람을 만나는 복, 어
려움에 처했을 때 도움을 주는 귀인을 만나는 복이었다.
이 값진 복은 내가 곤란한 상황에 처할 때마다 나타나 도
움의 손길을 내밀었다.

첫 강의에서 겪은

신선한 충격

은인이신 그 교수님 덕분에 간신히 대학 강사 자리를 얻은 나는 만반의 수업 준비를 해 처음으로 강의실에 들어갔다. 그때의 짜릿함이란!

어느 공대의 교직과목 강의실 교단에 막 오른 나는 다리가 후들후들 떨리고 넓은 강의실에 새까맣게 들어찬 학생들의 머릿수를 보자 눈앞이 아찔했다. 한 번도 이렇게 많은 수의 사람들 앞에 서본 적이 없는 나였다. 그때 나에게 한 학생이 물었다.

"저…… 교수님, 올해 연세가 어떻게 되세요? 너무 젊어 보이시는 것 같아서요."

지금 생각해도 그때의 용기가 어디서 났는지 신기할 정도로 나는 이 짓궂은 질문에 다음과 같이 대답했던 것 같다.

"여러분과 내가 함께 젊다는 것이 무슨 문제가 되고 장애가 되요? 내 생각엔 그것이 오히려 하나의 커다란 장점으로 작용할 것 같은데요. 젊음과 젊음은 통하니까요. 젊은이들끼리의 대화, 어때요, 멋지지 않아요? 앞으로 우리는 그것을 해나갈 거예요."

학생들은 와……! 함성을 지르며 박수를 쳤다. 나는 학생들의 반응에 신이 나서 조금 전까지만 해도 잔뜩 쫄고 움츠렸던 어깨를 당당하게 펴고 그야말로 신들린 사람처럼 준비해 온 내용을 열정적으로 강의해나갔다. 물론 학생들과의 대화를 바탕으로. 그네들의 눈은 호기심으로 반짝거렸다. 젊은 여성인 나에 대한 호기심이기도 했고, 여리고 가냘프게만 보이는 저 여성의 어디에서 저토록 열정적인 강의를 쏟아낼 수 있는 담담한 호기와 힘이 솟아나는지에 대한 호기심이기도 했을 것이다. 그날 그들은 이미 나에 대한 첫 이미지를 180도로 갱신했는지도 모를 일이었다.

강의가 끝나고 몇몇 학생들이 개인 면담을 하고자 줄을 서서 기다리고 있었다. 대부분이 복학한 남학생들이었고, 나보다 나이가 많은 학생들도 여럿 있었다. 그들은 모두가 강의에 흥미를 느꼈다며 강의 내용을 좀 더 깊이 알기 위한 참고도서를 지정해달라고 했다. 나는 그들의 부탁에 기꺼이 응했고, 좀 더 공부하고자 하는 그들의 의욕에 반가움을 표시했다. 공대생인 그들에겐 별로 중요하지 않을 수도 있는 교직과목이었기에 반가움이 더욱 컸을지도 몰랐다. 그들의 관심이 비록 젊은 여선생인 나 때문이었다 할지라도 과히 기분 나쁜 것은 아니었다. 첫 강의를 마치고 났을 때의 그 가슴 뿌듯함, 그것은 말로 형언할 수 없는 신선한 충격 그 자체였다.

당시 내가 맡은 과목은 전공인 교육사-철학이었고, 주로 인문대나 이공대의 교직과목 이수자들을 위한 반을 담당했다. 인문대에서의 첫 강의는 이공대와는 또 달랐다. 단지 놀랐다는 여학생들의 뜨악한 표정과 자기네들끼리 주고받는 수군거림(그들은 아마도 강의 시작 전에 일찍 들어와 옆에 앉아 있던 나를 학생으로 생각했던 모양이다), 뒤에 있는 남학생들의 빈정거림과 야유 섞인 목소리가 함께 어울린 낮은 웅성거림이 교실을 지배했다.

그런 학생들에게 나는 첫 질문을 던졌다. 역사란 무엇인가? 라고. 뒤에서 한 남학생이 낄낄거리며 "역사는 밤에 이루어지는 것입니다"라고 대답했다. 학생들 모두가 웃음을 터뜨렸고, 나는 그들의 웃음이 무엇을 의미하는지, 그 남학생의 대답 저변에 깔려 있는 의미가 무엇인지를 재빨리 알아차렸다. 나는 대답한 남학생을 일으켜 세워 자신이 한 답에 대해 설명하기를 요구했다. 그는 차마 장난으로 던져본 자신의 말에 담긴 원래의 뜻을 동료 학생들 앞에서, 그것도 많은 여학생들 앞에서 설명할 수는 없었던 것이고, 나는 바로 그 점을 노렸다. 아니나 다를까 그는 어떻게 설명해야 할지 몰라 한참을 안절부절못하며 얼굴을 붉혔다. 나는 끝까지 그의 설명을 기다렸다. 마침내 그는 묘안이 떠올랐는지 입을 열었다. 대답인즉, 역사책을 읽다 보면 흔히 정치적인 음모들을 많이 접하게 되는데 이 음모들이 주로 낮이 아닌 밤에 이루어진다는 의미에서라는 것이었다. 허겁지겁 찾아낸 대안이긴 했지만 대충 허술하게라도 끼워 맞출 수 있는 논리였다.

그러나 그 논리가 중요한 것이 아니라, 내가 이 예를 통해 학생들에게 보여주고 싶었던 것은 자신이 한 말에 대해 책임을 질 수 있어야 한다는 것이었다. 그저 아무 생각 없이 장난으로 함부로 말을 뱉는 것을 삼가고 특히 수업시간에는 자신의 논지를 논리적으로 펼칠 수 있는 말만을 해주기를 부탁하고 싶었던 것이다. 강의가 끝나갈 무렵, 학생들의 태도는 다소 진지해 보였고 뒷자리의 남학생들에게서도 더 이상 낄낄거리는 소리가 들려오지 않았다. 이 첫 강의는 가르치는 자의 입장에 대해 많은 것을 생각하게 해주는 진정 의미 있는 경험으로 아직도 뇌리 속에서 잊히지 않고 있다.

이렇듯 대학 강단에 선 경험은 그야말로 모든 것이 새롭고 신선하고 충만했다. 하루하루 살아가는 것이 의미가 있었고 즐거웠다. 나보다 키도 크고 나이도 많은 남학생들이 "교수님"이라고 부르며 상담하고 싶어 하는 것이 싫지 않았고, 강의를 듣는 여학생들이 교정에서 만나면 까르르 웃으며 다가와 대학 시절의 경험담을 들려달라고 조르는 것도 좋았다.

첫 강사료를 받던 날에는 눈물이 절로 났다. 그것은 기쁨의 눈물이었고 감사의 눈물이었고 그 아득하고 높아만 보였던 사회의 철창문 안으로 드디어 들어왔다는 안도의 눈물이기도 했다. 비록 몇 푼 안 되는 강사료였지만, 그것은 내가 어엿한 사회인으로 살아갈 수 있게 해준 돈 이상의 커다란 의미를 지녔다. 가난해도 좋았다. 모든 것이 이대로 지속될 수만 있다면…… 나는 감사해야 했다. 나에게 오늘의 이 감격의 눈물을 흘리게 해준 은인인 그분에게. 황량한 사막에서 탈진해가는 나를 오아시스로 안내해준 구원자에게.

나는 첫 강사료를 타자마자 제일 먼저 노 교수님의 선물을 샀고, 깊은 감사의 뜻으로 그분을 식당에 초청해 후하게 대접해드렸다. 그 이후로도 나는 가끔 그분의 댁으

로 찾아가 인사를 드리거나 식당으로 모셔서 맛있는 식
사를 함께했다. 그분에게 입은 한없는 은혜를 조금이라도
갚고 싶었고, 또한 내가 찾아뵐 때마다 얼굴이 환해지시
면서 행복해하시는 모습이 너무도 보기 좋아서였다.

불만족스러운 안일함인가
위험을 무릅쓴 전진인가!

첫 학기에는 그야말로 신이 나서 강의를 했다. 강의 내
용도 강의 방식도 학생들과의 만남도 모두가 마치 새 옷
을 처음 입을 때와 같은 신선하고 쾌적한 느낌을 주었다.
그러나 아무리 새 옷도 두 번 세 번 반복해 입으면 더 이상
신선함을 느낄 수 없고 결국에는 싫증나기에 이른다.

강의도 마찬가지였다. 학기마다 학생은 바뀌었지만
나는 늘 똑같은 내용을 가지고 똑같은 방식으로 강의했
고, 언제부턴가 그렇게 살고 있는 스스로가 한심하고 싫
증 나기 시작했다. 사실은 가르치는 일이 싫증 났다기보
다 내용에 문제가 있었다. 강의 과목이 교양 강좌다 보니,
해가 바뀌어도 매번 같은 내용을 반복할 수밖에 없는 상

황이 지겨웠던 것이다. 뭔가 새롭고 생생하게 살아 있는 지식을 학생들과 나누고 싶은데 그러기엔 내 역량이 턱없이 부족하니 자연히 가르치는 일에 신이 나지 않았고, 부족한 스스로에게도 실망감이 짙어졌다.

나는 답답하고 좁은 내 지식의 울타리를 벗어나고 싶었다. 이러한 생각은 강단에 설 때마다 나의 목을 조여왔다. 그러나 어떻게 그 울타리를 벗어날 것인가? 아무리 고민해봐도 한국을 떠나야 한다는 결론밖엔 없었다. 선진국으로 나가서 그들의 학문하는 방법을, 즉 지금껏 한국에서 경험해보지 못한 새롭고 획기적인 방법론을 보고 배우는 길밖에는 없다는 생각이 들었다. 한국에서 박사과정 등록을 하고 한국에 남아 있는 한, 나는 지금의 상태에서 한 치의 변화도 없을 것이라는 생각이 들었다.

그러나 한국을 떠나는 일은 위험을 동반하는 커다란 모험이었다. 동반자를 잃고 혼자가 되어버린 내게 그것은 너무도 멀리 있는, 잡을래야 잡을 수 없는 아득한 구름처럼 보였다. 무엇보다도 아는 이 하나 없고 언어 소통도 어려운 낯선 세계에 홀로 내던져진다는 것이 불안하고 두려웠다. 그 불안과 두려움은 너무도 엄청나서 자꾸만 나를 안일한 안주 쪽으로 끌어당겼다. 그러나 모든 걸 체념하고 안주하려니 그 안일 속의 불만족 역시 나를 지치게 만들었다. 그것은 유학에 대한 두려움이나 불안의 성격과는 또 달랐다. 이 두 종류의 감정은 음극과 양극의 관계처럼 서로를 끌어당기는 힘을 가진 것 같았다. 안일 속의 불만은 나를 도약과 발전을 향해 끌어당겼고 도약을 위한 모험에 대한 불안은 나를 안일 쪽으로 끌어당겼다.

나는 이 두 감정 사이에서 한동안 갈팡질팡했다. 그러나 아무리 생각해도 안일은 결코 마음의 평화를 얻기 위한 해결책이 아니라는 생각이 들었다. 나의 마음은 서서히 유학 쪽으로 기울어지기 시작했다. 미처 피지도 못하고 시들어버린 첫사랑과 청운의 꿈이었던 프랑스 유학. 그와의 사랑의 상처를 극복한 이제, 나는 청운의 꿈을 다시 꽃피우기로 마음먹었다. 혼자서라도.

나는 저녁마다 알리앙스 프랑세즈에 나가기 시작했다. 문법도 배우고 회화도 배우고, 단 한 마디도 알아들을 수 없는 프랑스 영화를 처음부터 끝까지 보기도 했다. 집이나 연구실에서는 시간 날 때마다 프랑스어 문법책을 펴놓고 기초를 닦아나갔다. 그렇게 반년 이상을 보내고 나니 프랑스어에 귀가 조금씩 열리기 시작했다. 그러나 여자 혼자 유학길에 오르는 것은 너무도 무모한 모험일 수 있다는 주변의 걱정스러운 눈길들이 자꾸만 나를 안주 쪽으로 유혹했다. 게다가 넉넉지 못한 경제력 역시 커다란 장애 요소로 작용했다. 그럼에도 유학의 꿈은 꾸준히 진척되어 나갔다.

드디어 유학 자격을 얻기 위한 어학 시험이 눈앞에 닥쳤다(지금은 없어졌지만 1988 서울올림픽 전만 해도 유학자격시험 제도가 있었다). 첫 시도에서 나는 보기 좋게 낙방했다. 알리앙스 프랑세즈에서 수학한 동기들 중에는 이 시험에 낙방하자 아예 유학을 포기해버리는 이들도 있었다. 그러나 내 끈기는 어째서 그리도 질겼던 것인지. 그 끈기는 결국 나를 승리로 이끌었다. 6개월 후 두 번째 시도에서 나는 당당히 합격했다. 불문학도도 아닌 내가 프랑스어 전공자들을 제치고. 그 합격의 감격은 내게 유학에 대한 자신감을 한층 더 불어넣었다.

프랑스 대학의 발견

당당한 걸음으로 유학길에 나섰음에도 불구하고 나는 프랑스에 온 지 약 7년 만에 박사학위를 취득했다. 이 학위를 얻기까지 정말 얼마나 많은 고비를 넘겼는지. 파리에서 방을 구하지 못해 낭시로 갔다가 다시 파리로 올라온 지 얼마 안 되어 파리의 북쪽 근교 도시에 있는 파리 제8대학에 처음으로 방문했던 날이 떠오른다. 조금은 설레고 조금은 두근거리는 가슴을 안고 대학 교정으로 들어선 나는 대학 건물을 보자 실망감을 감출 수가 없었다. 한국의 아름답고 낭만적인 대학 캠퍼스와 웅장한 건물에 비해 캠퍼스라고도 할 수 없는 작은 마당과 너무도 초라하고 보잘것없는 건물 몇 채가 나무도 거의 없는 벌판에 허허롭게 서 있는 듯했다. 더욱 가관인 것은 건물로 들어섰을 때였다. 벽들마다 낙서가 가득했고, 벽들 군데군데 군더더기처럼 붙어 있는 종이쪽지들이 매우 지저분하고 무질서한 분위기를 자아냈다.

그러나 이러한 실망감도 잠시뿐, 교육학과 사무실이 있는 4층 건물로 들어서자 가슴이 방망이질하기 시작했다. '교육학과 사무실'이라는 팻말이 붙여진 방 안으로 들어서니, 방의 크기는 우리나라 교수 연구실보다 좀 작은 편이었는데, 군데군데 놓인 책상마다 서류와 책들이 잔뜩 쌓여 있었고 그사이로 비서인 듯한 여성이 바삐 움직이고 있었다. 사무실로 들어서면서 내가 용기를 내어 겨우 뱉은 인사말 "봉주르"에도 불구하고 그녀는 나를 쳐다보지도 않은 채 자기 일에만 열중하고 있었다.

나는 다시 한번 용기를 가다듬어 그녀를 불러 세웠고, 서투른 프랑스어로 내게 입학허가서를 보내준 교수 이름을 대면서 그의 연구실이 어디에 있는지 알려달라고 부탁했다. 그녀는 이맛살을 찌푸리며, 나의 더듬거리는 프랑스어를 완전히 알아듣지 못했다는 듯 다가오면서 "뭐라고요?"라고 되물었다. 내가 한 프랑스어를 그녀가 첫마디에 알아듣지 못했다는 것과 그녀의 별로 친절하지 못한 태도 때문에 나는 금세 우울해져버렸고, 그런 기분으로 교수를 만나 면담을 해야 한다고 생각하니 눈앞이 캄캄하고 현기증이 나 쓰러질 것만 같았다. 내 말을 겨우 알아들은 그녀는 사무실 앞 복도에서 기다리라고 무뚝뚝하게 말하고는 다시 자기 일에 열중이었다.

나중에 안 사실이지만, 학과장이나 행정적인 지위가 있는 소수의 교수들을 제외한 프랑스 대학의 교수 대부분은 대학 내에 개인 연구실을 가지고 있지 않았다. 일반적으로 한 학과에 한정된 연구실이 몇 개 있고, 하나의 연구실을 비교적 전공이 비슷한 두서너 명의 교수들이 시간적 프로그램에 맞추어 최대한 나누어 써야 하는 실정이었다. 교수들이 수차례 요구했지만 교육부의 재정난으로 현재까지도 연구실 문제가 해결되지 못하고 있는 실정이다. 당시 내 지도교수도 마찬가지였다. 그는 대체로 집에서 공부했고 강의나 학생과 면담이 있는 시간에만 맞추어 연구실에 나왔던 것이다.

사무실 앞 복도에서 낙심과 초조함에 휩싸여 서성거리던 나는 마침내 강의를 마치고 나오던 그를 만났다. 그는 사무실 옆 빈 연구실로 나를 안내했다. 얼떨결에 그와 악수를 나누고 간단한 인사말을 주고받긴 했지만, 그 이상의 긴 프랑스어로 내가 앞으로 연구하고 싶어 하는 주제를 설명해내기란 거의 불가능했다. 물론 그 점을 이미 예상해 내 생각을 간단한 프랑스어 문장으로 만들어오긴 했다. 나의 미흡한 프랑스어 실력에 양해를 구하면서 그 쪽지를 그에게 내밀었다. 호탕하게 생긴 모습대로 그는 친절했고 예의 발랐다. 쪽지를 읽은 후 그는 엷은 미소를 담은 얼굴로 말했다.

"먼저 동방예의지국인 당신의 나라에서처럼 예의를 갖추지 못한 것이 있다면 용서해요. 당신은 지금 먼 나라에서 매우 낯선 땅에 도착한 터라 단지 학문뿐만이 아니라 배울 것들이 너무도 많을 것 같아요. 먼저 프랑스와 프랑스인들을 알아야 하고, 프랑스 문화도 알아야 하고, 프 랑스 사회제도도 알아야 하고……. 무엇보다 프랑스어가 아직 많이 부족한 듯하니 언어 공부에 좀 더 많은 신경을 기울여야 할 것 같아요. 당신이 연구하고자 하는 방향은 대충 알겠는데, D.E.A.(박사 수료 과정)에 등록하려면 이것 으로는 부족하고 20페이지가량의 구체적인 연구 프로젝 트를 제출해야 해요. 어쨌든, 내가 당신을 지도하겠다는 승낙서를 써줄 테니 학과장한테 보이고 등록 서류를 받아 가세요."

그의 태도는 매우 상냥했고 반쯤은 유머가 섞여 있어 매우 유쾌한 분위기를 자아냈다. 조금 전 축 처진 우울한 기분을 금방이라도 씻어줄 듯싶었다.

그러나 지도교수의 승낙서를 들고 학과장을 찾아간 나는 또 한번 기가 죽어 나와야만 했다. 그는 매우 괴팍하 고 까다로운 성격의 소유자였다. 연구실로 들어섰을 때 나를 노려보는 듯한 그의 날카로운 눈빛에 벌써 주눅이 들었고 서투른 프랑스어를 몇 마디 떠듬거리자 그가 대뜸 "프랑스어를 못하면 우리 과 D.E.A.에 등록할 수 없어요" 라고 말했다. 순간 나는 아찔했다. 나의 형편없는 프랑스 어 실력을 매우 못마땅해하며 처음부터 강경한 태도로 나온 그는, 그러나 그의 친한 동료인 내 지도교수의 승낙서로 인해 어쩔 수 없다는 듯 등록 서류를 내밀었다. 물론 돌아서 나오는 등 뒤에서 내 프랑스어 실력에 대한 날카로운 경고가 메아리쳤다.

학교를 나오면서 나는 잠시 생각했다. 내 처지는 같은데 어떻게 두 사람이 그토록 다른 태도를 취할 수 있는 걸까, 하고. 사람의 성격이라는 게 얼마나 극과 극인지 실감하는 순간이었다. 나중에 알게 되었지만, 그 학과장이라는 사람은 괴팍하고 도발적인 성격으로 수업 시간에도 학생들을 종종 공포에 떨게 하는 분이었다. 그분이 내 지도교수가 아니라는 것이 천만다행이었지만, 프랑스어 실력이 점차 늘어가면서 나는 그분의 지나치게 강하고 독특한 개성에 약간의 매력을 느끼기까지 했다.

그나저나 서류를 받아 들고 집으로 돌아오는 심정은 착잡하기만 했다. 프랑스어 실력에 대한 학과장의 핀잔도 핀잔이거니와, 앞으로 20페이지가량이나 되는 연구 프로젝트를 써낼 일이 태산 같기만 했던 것이다. 그것도 열흘이라는 한정된 시간에. 프랑스 대학 입학 서류 제출을 위해 석사논문을 두세 페이지로 요약해 프랑스어로 옮기는 것을 제외하고는 지금껏 한 번도 프랑스어로 작문다운 작문을 해본 일이 없는 내가 어떻게 열흘 안으로 20페이지가량의 연구 프로젝트를 써낼 수 있단 말인가. 석사논문 요약문을 프랑스어로 옮기는 것만 해도 얼마나 힘이 들었던가. 더구나 내게는 한국말로 20페이지짜리 연구 계획서를 써내라고 해도 쓸 만한 구체적인 아이디어가 아직도 확립되지 않은 상태가 아니었던가. 집으로 돌아오는 발걸음은 마치 진흙탕 속으로 빠져드는 듯 걸어도 걸어도 앞으로 나아가는 것 같지가 않았다.

집으로 들어서기 전 나는 곧장 슈퍼마켓으로 향했다. 일주일간 필요한 생필품들을 사들고 작은 원룸으로 들어가 문을 걸어 잠갔다. 일주일간 두문불출하고 연구 프로젝트와 씨름할 작정이었다. 이것을 완수하지 못하면 차라리 한국으로 돌아가리라는 필사적인 각오였다.

책상 앞에 앉아 아무리 생각을 가다듬어도 첫 문장이 쉽게 쓰이지 않았다. 나는 당시 읽고 있던 장 피아제의 『구조주의』와 『발생론적 인식론』, 두 권의 프랑스어 원서를 여러 차례 이 잡듯이 뒤지면서 내가 하고자 하는 말을 대체해 넣을 수 있는 적절한 프랑스어 문장들을 찾아내어 한 문장 한 문장 엮어나가기 시작했다. 이 방법은 처음엔 진도가 너무나 느려서, 고도의 인내를 감수해야 했지만,

점차 시간이 지나자 의외로 작문력 향상에 효과적이었다. 특히 이러한 방식은 먼저 한국어로 생각하고 한글로 쓴 뒤 그것을 프랑스어로 번역하는 대신에 마고 프랑스어로 사고하는 습관을 기르게 해주었다.

다행히도 낮과 밤을 가리지 않고 작업한 지 일주일 만에 연구 프로젝트가 완성된 듯싶었다. 그러나 목표였던 20페이지에 이르지는 못하고 겨우 13페이지에 그쳤다. 당시의 나로서는 아무리 머리를 짜내도 그 이상은 더 쓸 수가 없었다.

염려와는 반대로, 내 연구 프로젝트는 통과되었고, 드디어 그 대학의 D.E.A. 과정에 등록할 수 있었다. 필사의 도전에서 첫 관문을 통과했다는 통쾌감이 있었다.

살아 숨 쉬는 지식

유한한 생명을 지닌 지식

10월이 되자 드디어 본격적인 수업이 시작되었다. 아무것도 모르는 나는 처음 몇 주간 이 강좌 저 강좌를 기웃거리고 다녔다. 이어서 내가 쓸 논문과 가장 거리가 가깝다고 생각되는 몇 강좌를 선택해 규칙적으로 수업에 나가기 시작했다. 당시 이 대학에서는 처음부터 미리 강좌를 선택해 등록할 필요는 없었고, 나처럼 몇 번 기웃거리다가 강좌가 마음에 들면 좀 더 규칙적으로 참여해서 교수의 출석부에 이름을 올리고 학점을 따내면 그만이었다. 보통 한 학기당 최소 3개의 과목에서 학점을 따야 했다.

수업 내용과 방식은 한국에서 경험한 것들과는 차원이 달랐고, 나는 그런 수업들에 매료되어 깊은 감명을 받았다. 교수가 선택한 한 권의 교과서나 누군가가 쓴 책을 중심으로 하는 수업이 아니라, 교수들은 자신들이 직접 연구하고 창조해낸 이론과 지식들을 강의했다. 그러한 지식들은 이미 굳어지고 딱딱해서 맛이 가버린 떡이 아니라 떡 공장에서 방금 막 나온 듯한 따끈하고 말랑말랑해서 먹음직스러워 보이는 떡과 같았다.

특히 학기 초에는 전공과 관계없이 교육학과 D.E.A. 과정에 등록한 모든 학생이 함께 듣는 공동수업Tronc commun이 있었는데, 이 수업에는 동시에 여러 명의 교수들이 들어온다. 먼저 한 교수가 자신의 이론을 펼치면, 학생은 물론 나머지 교수들까지도 질문 공세를 퍼붓기 시작한다. 학생들의 질문이 대부분 이해하지 못한 것을 좀 더 잘 이해하고자 하는 겸손의 질문들이라면, 교수들의 질문에는 매우 날카롭고 예리한 비판이 담겨 있다. 더욱이 발표한 교수의 이론에 전혀 공감하지 못하는 교수들이 있을 경우에는 그들 간에 치열한 논쟁이 벌어지는 것이다.

나는 그런 광경들이 너무나 흥미로웠다. 한마디로 신선한 충격이었다. 이미 만들어진 지식들을 수동적인 태도로 받아들여야만 하는 딱딱하고 경직된 수업 분위기가 아니라, 자유분방함 속에서 새로운 지식의 잉태를 논하는 열정과 활기가 넘치는 분위기였다. 지식들은 살아서 덩실덩실 춤을 추며 교실 안을 누비고 다니는 듯했고, 그들의 생명력을 줄이느냐 확장하느냐의 문제를 놓고 교수들은 열정적인 논쟁을 벌였다. 거기서 나는 비로소 깨달았다. 아니 깨달았다기보다는 지금껏 막연히 생각해왔던 것들을 확실한 모습으로 확인했다고 하는 편이 옳을 것이다. 지식은 생명을 지니고 살아 숨 쉬는 존재라는 것, 따라서 그의 생명은 유한할 수밖에 없다는 것을. 그리고 그것에 생명을 부여하는 자는 바로 인간이라는 것을.

그렇다. 지식은 인간에 의한 구성물일 뿐이다. 그것은 결코 영원불멸한 절대적인 무엇이 아니다. 그렇기에 우리는 어떤 지식이든 늘 비판적인 입장에서 받아들여야 하고 보다 새롭고 더 나은 지식으로 나아가는 가능성을 생각해야 하고, 바로 우리 자신이 이러한 지식을 창조해내는 주인이라는 것을 의식해야 할 것이다.

이러한 깨달음과 확인이 점점 더 내 의식 속에 확고하게 자리 잡게 되었고, 결국 내 D.E.A. 논문과 박사논문의 기본 주제로까지 발전하게 된 것이다.

언어장벽과
끝없는 시행착오

파리 제8대학은 유난히도 외국 학생들이 많았다. 알제리, 모로코 학생들이 대부분이었고 이스라엘, 레바논, 브라질, 네덜란드 등지에서 온 학생들도 간간이 눈에 띄었다. 내가 소속한 교육학과 학생들만 해도 거의 60퍼센트가 외국인 학생들이었다. 나머지 40퍼센트의 프랑스인 학생들은 대부분이 직장을 가진 직업인이었는데, 그 때문이었는지 낮 수업보다는 밤 수업이 더 많았다.

수업은 각 교수에 따라 다소 다르게 진행되었는데, 모든 수업들이 나를 감복시킨 것은 아니었다. 첫 학기에서는 연구에 도움이 될까 해서 '실험관찰 방법론'이라는 제목의 강좌를 택해 들은 적이 있었다. 타 대학에서 출강 나온 오십대 중반의 교수가 수업을 이끌어났다. 처음에는 그럴듯하게 자신의 이론을 펼치는가 했는데, 날이 갈수록 그녀의 수업 방법론에 대해 실망을 느꼈다. 그 교수는 프린트를 가져와 학생들에게 나누어주고, 차례로 학생을 지명해 그 프린트를 읽고 설명하도록 요구했다.

이러한 수업 방식은 다른 수업들에 비해 너무도 진부했을 뿐만 아니라 프랑스어에 아직 익숙하지 않았던 나에게는 별로 도움이 되지 않았다. 더구나 그 차례가 내게 돌아올 경우, 프랑스인처럼 그것을 읽고 설명한다는 것이 당시 내 프랑스어 실력으로는 거의 불가능했다. 그런 상황을 참작해서인지 그 교수는 다행히도 나를 지목하지 않았다. 첫날 소개할 때 내 미흡한 프랑스어 실력에 대해 미리 양해를 구한 덕분인지도 모를 일이었다. 그리고 당시 나는 모든 수업마다 녹음기를 들고 다니면서 녹음을 했는데, 이 수업도 예외는 아니어서, 그녀는 아마도 수업에 대한 나의 열정과 동시에 심각한 언어장벽의 문제를 눈여겨보았는지도 몰랐다.

학기가 거의 끝나갈 무렵, 그 교수는 학생들에게 각각

다른 프린트를 나누어주면서 그 주제에 대해 연구해 다음 시간에 발표를 하라고 일렀다. 그 과제로 학점을 매기겠다는 것이었다. 내가 받은 프린트는 마침 장 피아제에 관한 내용이었다. 당시 장 피아제의 책들을 여러 권 읽고 있는 중이었기에 운이 좋다고 생각했다. 교수가 내게 준 약 10페이지 가량의 텍스트는 피아제의 관찰론에 관한 것이었는데, 쉽게 읽어냈고, 이해가 되었다. 이제 그것을 프랑스어로 정연하게 요약해서 말로 표현해내야 하는데, 내 프랑스어 실력으로는 아직 역부족이었다. 그래서 나는 그것을 요약문으로 만들어 읽어야겠다고 생각했다. 원고를 여러 번 읽어 최대한 완벽하게 이해하고, 이해한 것을 토대로 조리 정연한 요약문을 만들고 이어서 내 의견을 제시하는 코멘트도 달아 다음 날의 발표에 만반의 태세를 갖추었다. 텍스트를 충분히 이해하고 있었기에, 질문을 받는다 해도 잘 대답하리란 자신감도 있었다. 그러나 나의 이러한 만반의 준비와 자신감이 그다음 날 굴욕적으로 무참히 짓밟혀 산산조각이 날 줄이야 어찌 알았으랴.

운명의 그날, 나는 나름대로 최선을 다해 준비해온 요약문을 약간은 자신감을 가지고 읽어나가기 시작했다. 몇 줄을 읽었을까, 갑자기 교수가 읽기를 멈추라고 하더니,

그렇게 줄줄 읽기만 하지 말고 말로 설명하라는 것이었다. 나는 당황한 표정으로 그것이 도저히 불가능함을 알렸다. 그러자 교수의 표정이 다소 노기를 띠는 듯하더니, 할 수 없다는 투로 계속 읽으라는 것이었다. 교수의 표정에 주눅이 들어서인지 처음과는 달리 다소 기죽은 목소리로 나머지를 계속 읽어갔다. 그러나 교수는 곧 말을 잘랐다. 본문은 물론 내 의견을 반영해 준비한 코멘트도 아직 읽지 못한 상황이었다.

그녀는 다짜고짜 화를 내며 도대체 한국에서 어떻게 공부를 했기에 그 정도로밖에 발표를 못하느냐고 꾸짖었다. 나는 순간 정신이 아뜩하고 현기증이 몰려와 더 이상 서 있을 수 없어 풀썩 자리에 주저앉고 말았다. 핏기가 싹 가신 얼굴로 한동안 교수를 노려보는 것 이외에 아무것도 할 수가 없었다. 그런 와중에도 교수는 계속 지껄이고 있었다. 비록 한국이 멀리 있는 나라이긴 하지만 그 나라에 대해 조금은 알고 있다고 했다. 한국이 그렇게 후진국은 아니라고 알았는데 왜 내 발표가 그 모양이냐는 것이었다. 그녀는 다른 학생들 앞에서 나를 노골적으로 야유와 질타의 대상으로 삼아 마구 두들겨 댔다. 나는 무수한 발길에 차여 찌그러지고 졸아든 깡통같이 되어버렸다. 특히 한국을 들먹이며 나를 비난하는 것은 참을 수 없는 치욕이고 모욕이었다.

그녀가 발표를 못마땅해한 이유는 두 가지였다. 첫째는 내가 설명하지 않고 줄줄 읽어내려가기만 한다는 것이고, 둘째는 자신이 준 프린트 이외에 다른 자료들을 찾아 보태지 않았다는 점이었다. 첫 번째 요구는 당시의 내겐 아예 불가능한 것이라 제쳐두고, 무엇보다도 내 마음을 아프게 하고 질책하는 것은 두 번째 문제였다. 할 수 있었는데도 불구하고 거기까지 생각이 미치지 못한 스스로를 질책하고 싶었고, 후회 때문에 가슴이 쓰렸다. 적어도 그 점에서는 힐책을 받아 마땅하다는 생각이 들었다. 그러나 그녀의 노기와 비난은 도를 넘었다.

그녀의 비난이 잔인하다 할 정도로 심해지자 동료 학생들이 나를 두둔하고 나섰다. 그들은 내가 매 수업마다 녹음기를 들고 와서 녹음하는 사실을 상기시키면서 언어 장벽 문제를 시사했다. 아직 내가 프랑스어에 익숙하지 않기 때문에, 유창하게 설명해내는 대신 정리해 온 문장을 읽을 수밖에 없는 어려움을 충분히 이해한다고 그들은 말했다. 나를 변호해준 이들은 거의가 외국 출신 학생들이었는데, 그들은 주로 프랑스어를 공용어로 사용하는 나라에서 온 터라 나와 같은 언어장벽은 없었다.

동료 학생들의 말에 다소 노기를 가라앉힌 교수는 내게 질문을 쏘아붙였다. 피아제의 발달단계론을 말해보라는 것이었다. 나는 당시 피아제의 심리학 이론을 열심히 읽고 있었기 때문에 그의 발달단계의 용어만은 외우다시피 하고 있었다. 내가 거침없이 대답하자 그 교수는 '그래도 약간의 기본은 있구나' 하는 표정으로 또 다른 질문을 쏘아붙였다. 피아제가 실험심리학자인지 임상심리학자인지 말해보라는 것이었다. 나는 얼마 전에 '임상심리학자로서의 피아제'라는 제목의 글을 읽은 기억이 나서 자신 있게 임상심리학자라고 대답했다. 그랬더니 한쪽 구석에 앉아 있던 프랑스인 남학생이 재빨리 반박하면서, 피아제는 임상심리학과는 거리가 멀고 실험심리학자일 뿐이라고 주장했다. 실험심리학자로서의 피아제는 한국에서부터 이미 들은 바 있는 터여서 나는 얼른 대답을 수정하여 실험심리학자이면서 동시에 임상심리학자이기도 하다고 주장했다.

그러나 이어진 교수의 반응은 한마디로 나를 실망시켰다. 그녀는 또다시 노기를 띤 얼굴로 나를 다시 한번 깔아뭉개면서 내 대답에 반박하고 나선 프랑스인 남학생을 전적으로 두둔하고 나섰다. 내 대답에 대한 혹독한 편견과 그 남학생에 대한 지지가 다소 지나칠 정도여서, 나는 순간 그 교수에 대해 의심의 마음을 품지 않을 수가 없었다. 이 여자가 과연 인종차별을 하는 것인가, 아니면 여자 혐오증 내지는 남성 우호증을 가지고 있는게 아닌가. 그런 와중에 나도 모르게 오기가 생겼는지 다시 한번 반박을 시도했다. 얼마 전에 '임상심리학자로서의 피아제'라는 글을 어느 심리학 책에서 읽은 적이 있다고. 그러나 그녀는 내가 분명 잘못 이해한 것이니 가서 다시 한번 읽어보라고 일축해버렸다.

그날 집으로 돌아온 나는 그 책을 몇 번이고 반복해서 읽었다. 아직 프랑스어에 자신이 없기에 교수의 말대로 잘못 이해했을 수도 있을까 싶어서였다. 그러나 읽으면 읽을수록 결코 내가 잘못 이해한 것 같지 않았다.

다음 수업에는 레바논에서 온 두 여학생이 함께 발표했다. 그런데 그 발표는 내가 봐도 한심할 정도였다. 그녀들은 교수가 나누어준 프린트를 요약하지도 않았고, 그 프린트를 그대로 읽으면서도 더듬거렸다. 아마도 준비를 전혀 안 한 듯이 보였다. 교수의 노기는 대단했다. 나에게 했던 것보다 더 가혹하게 그녀들을 깔아뭉갰다. 자존심을 후비는 인신공격까지 서슴지 않았다. 그리고 학점을 주지 못하겠다고 노골적으로 내뱉었다. 두 여학생은 기가 죽은 채 아무 말도 하지 않고 있었다. 교수는 나를 놀아보며 "당신의 경우는 당신이 원한다면 학점은 주겠다. 다만 내가 주는 이 과제물을 해오라"라면서 내게 한 프린트를 던져주었다. 그러더니 오늘은 더 이상 수업을 하지 못하겠다면서 화난 얼굴로 교실을 나가버리고 말았다. 나는 만반의 준비를 하고 가져온 책을 그녀에게 보여줄 기회를 그렇게 놓쳐버리고 말았다. 다음 수업을 기약할 수밖에 없었다.

이후에도 수업은 다소 삐거덕거리는 다리를 건너듯 위험스럽게 이어져가고 있었는데, 나는 좀처럼 그 교수의 편견과 오만을 폭로할 기회를 잡지 못했다. 책은 매번 가져왔지만 번번이 허탕 치고 말았다.

어느덧 학기말 종강이 다가오고 있었다. 마지막 수업이 끝나던 날, 학생 대부분이 나가고 나는 과제물을 제출하려고 몇몇 학생들과 뒤에 남아 있었다. 마지막 틈을 봐서 교수에게 다가가 과제물을 제출하면서 문제의 심리학 책을 마침내 내밀었다. 그 책은 프랑스에서 유명한 심리학자가 쓴 심리학 개론서였다. 그녀 역시 그 심리학자와 그의 책을 금방 알아보았다. 나는 얼른 문제가 되는 페이지를 펼쳐 보이면서 지난번 내 대답의 정당성을 구했다. 그녀는 다소 당황하는 표정으로 텍스트를 훑으면서 다시한번 내 오독을 지적하려 했다. 그러나 나는 즉각 문제가 되는 부분을 짚으면서 그 부분을 읽어보라고 했다. 그때는 이미 남아 있던 몇몇 학생들이 우리를 둘러싸고 모여든 상황이었다. 학생들은 내게 눈짓하며 그 교수를 조소하는 듯한 미소를 지었다. 마침내 교수는 얼굴을 붉히는 듯하더니 말했다.

"당신이 옳아요. 아주 좋은 지적이에요. 당신은 그래도 공부를 아주 열심히 하고 있군요. 내게 방금 보여준 이것이 바로 그 증거예요. 아무튼 열심히 하세요. 그리고 학점은 걱정하지 말아요."

이렇게 말하고는 학생들의 조소 어린 미소를 뒤로 하고 총총히 사라져 갔다.

그날 집으로 돌아온 나는 다소 마음의 평화를 되찾은 듯했다. 영원히 씻어낼 수 없을 것만 같았던 그 굴욕감과 치욕감이 서서히 새로운 희망과 용기 속에 감싸이는 것 같은 느낌이었다.

당시 수강한 이런저런 수업들이 흥미가 있었고 내게

많은 새로운 깨달음을 주긴 했지만, 막상 내가 연구하고 자 하는 것에 구체적인 방안을 제시해주지는 못했다. 사 실 나는 무엇을 어떻게 연구해야 할지 몰라 한동안 헤맸 다. 한국에서 출발할 때 떠올린 연구 계획과 파리에 와서 13페이지가량 새로 쓴 연구 계획이 여러 수업들을 듣고 나자 진부한 아이디어로 여겨졌기 때문이었다.

구체적인 연구 계획안을 잡지 못해 헤매던 시기는 지 금 생각해도 악몽 같은 나날이었다. 앉으나 서나, 길을 걷 거나, 버스를 타거나 심지어는 꿈속에서조차도 오로지 그 생각뿐이었다. 지도교수가 안내한 책들은 모조리 다 읽었 다. 읽고 생각하고, 읽고 생각하고……. 그토록 열심히 공 부다운 공부를 한 것은 아마도 생애 처음이었을 것이다. 심지어는 티브이를 보면서도 내 연구와 관련시켜 어떤 독 창적인 아이디어를 끌어내려고 했으니.

고심 끝에 나는 드디어 또 하나의 새로운 연구 계획서 를 짜냈다. 지도교수는 쾌히 만족하는 듯했고, 이제 구체 적인 실험 방안을 짜보라고 했다. 나는 거기서 또 벽에 부 딪쳤다. 연구 계획서의 이론은 그럴 듯한데, 막상 실험계 획을 짜려고 하니 실현 가능성이 보이지 않을 정도로 너 무나 복잡하고 엄청난 작업들을 요하는 것이었다. 하는 수 없이 그것을 포기하고 새로운 계획서를 써야만 했다. 그렇게 하기를 네 번이나 반복했다. 그러면서 나의 능력을 의심하기도 하고, 이러다간 결국 논문을 쓰지 못하고 말 것 같은 불안으로 초조하기도 했다. 당시 내가 써야 하는 논문은 약 200페이지 가량의 D.E.A. 학위논문인데 이는 박사논문의 예비 과정이라고 볼 수 있었다.

당시의 내겐 학위논문을 쓰는 일이 목숨을 내건 도전이었다. 그도 그럴 것이 그때만 해도 프랑스에서 계속 살 것이라곤 생각지 못했고, 따라서 학위 없이 한국으로 돌아간다는 것은 상상할 수 없는 일이었다. 또한 내가 여태껏 공부와 학생들을 가르치는 일을 해왔고 그것이 내가 꿈꾸는 유일한 길이라고 생각했기에, 학문의 길이 아닌 다른 것은 모두 무의미하게만 보였다. 내가 그토록 고집스럽게 학위에 집착했던 이유가 바로 거기에 있었다. 그러나 학위에 집착하면 할수록 고통은 점점 더 나를 조여왔다. 생각대로 잘 짜이지 않는 연구 계획서와 그렇다고 그걸 포기할 수 없는 내 고집, 한마디로, 진퇴양난이었다.

그러던 어느 날 안개로 가득찬 듯한 머리를 식히기 위해 집을 뛰쳐나와 길을 걷고 있는데, 문득 사람들의 웃음소리가 들리는 것 같아 고개를 돌렸다. 어느 한 가게에 모인 서너 명의 사람들이 즐거운 듯 웃고 떠드는 모습이 눈에 들어왔다. 순간적으로 나는 그것이 너무도 이상하게 느껴졌다. 마치 지금까지 한 번도 사람들의 웃음을 보고 듣지 못한 사람처럼, 사람들의 삶에 즐거움의 현상이 있다는 사실을 생전 처음 눈으로 확인하는 사람처럼, 나는 걸음을 멈춘 채 한동안 멍하니 그들을 바라보았다.

그랬다. 당시 나는 학위논문을 써야 한다는 일념에 사로잡혀 오로지 독서와 숙고에 온 시간을 바쳤다. 그랬기에 타인과 철저히 고립된 채 살고 있었다. 그런 삶속에서 나는 웃음을 잃었고, 또한 그것을 잊어버리게 되었는지도 몰랐다. 마음이 즐거울 수 있다는 사실을 말이다.

어느 날 아침 일찍, 나는 네 번째로 바꾸어 쓴 연구 프로젝트를 가지고 지도교수가 아닌 파리 제5대학의 G교수를 찾아갔다. 이분은 지도교수가 소개해준 분이었다. 언어 문제부터 시작해서 연구 방향 및 내용 문제, 프랑스 생활 적응 문제 등 모든 것이 확실하게 정착되지 않은, 온통 문제투성이에 둘러싸인 당시의 나는 모든 것에 자신감을 잃은 상태였다. 물론 옆에서 지금은 남편이 된 P가 나의 바뀐 프로젝트를 일일이 교정을 봐주고 그 외에도 물심양면으로 도와주었는데도 말이다. 아무튼 내 성격은 더더욱

소심해져서 내 방이 아닌 바깥세계에 발을 내딛는 순간부터 두려움을 느끼고 가슴이 두근거리곤 했다. 그런데 그날은 특히 처음 보는 교수에게 자신 없는 연구 프로젝트를 보여야 하고, 서투른 프랑스어도 몇 마디 지껄여야 한다고 생각하니, 지하철을 타면서부터 떨리는 가슴을 억제하기 힘들었고, 괜스레 가고 싶지 않은 화장실도 가고 싶을 정도였다.

지하철에서 내려 교수의 연구실을 찾아 걷고 있는데, 불안과 초조가 한꺼번에 밀려온 탓인지 갑자기 현기증이 나기 시작하더니 하늘과 땅이 빙빙 도는 것처럼 보였다. 마치 지진이라도 일어날 것만 같은 혼란이 나를 감쌌고, 끔찍한 세상의 종말이라도 보게 될 것 같은 두려움에 구토가 났다. 더 이상 발걸음을 옮길 수가 없었다. 바삐 오가는 무수한 사람들의 발걸음에 채이지 않기 위해, 나는 길 한쪽으로 물러서서 가까스로 현기증을 추슬러야 했다.

다행히도 이처럼 스트레스가 극에 달한 상황과는 반대로 G교수와의 만남은 만족스러운 편이었다. 그는 매우 친절했을 뿐만 아니라 지적으로도 뛰어난 사람이었다. 그는 나의 20페이지가량의 연구 프로젝트를 단숨에 읽고는 내가 하고자 하는 것을 정확히 파악했다. 프로젝트를 읽을 때의, 섬광처럼 번득이며 재빨리 움직이는 그의 눈, 나는 그의 총명함과 지력에 감복해버렸다. 그는 나의 기본 아이디어에서 한 단계 앞으로 나아갈 수 있는 구체적인 아이디어를 암시해주었다.

그와의 토론 이후, 나는 드디어 박사논문으로 이어질 수 있는, 교실에서 실험이 가능한 프로젝트를 짤 수 있었다. 이는 당시만 해도 아직 연구가 많이 되지 않은, 거의 개척 단계에 있는 역사 교수방법론 쪽이었다.

이렇게 시행착오를 여러 번 거친 끝에, 나는 프랑스에 온 지 1년 만에 나의 그 미진한 프랑스어로 약 200페이지가량의 D.E.A. 논문을 완성하는 데 성공했다. 논문 발표와 심사는 두 명의 교수 앞에서 진행되었는데, 별 문제없이 관문을 통과했다. 그날을 위해 1년간 쏟은 내 혼신의 힘이 헛되지 않았다는 걸 느끼는 순간 모든 긴장이 풀려버렸는지 저녁에 집으로 돌아오자마자 온몸이 쑤시고 열이 40도로 오락가락할 정도로 심하게 앓아서 한밤중에 긴급 의사를 부르기까지 했다.

세미나와
우울한 나날들

D.E.A.를 마치고 박사논문 과정을 시작하면서, 프랑스 생활에도 어느 정도 이력이 생겼는지 전만큼 불안하고 초조하지는 않았다. 반면에 격주에 한 번쯤 나가는 세미나와 간간이 있는 교수와의 면담을 제외하고는 거의 혼자서 싸워야 하는 시간들이 많았으므로, 때때로 찾아오는 권태와 지루함에 몸서리를 치기도 했다. 게다가 세미나에 다녀오는 날이면 나는 날개 잃은 새마냥 아무것도 하지 못하고 창가로 들어오는 하늘만 멍하니 바라볼 뿐이었다. 생의 활기, 삶의 의욕이 사라진 채로, 허무의 그림자가 삶에 드리우기 시작하고 식욕과 수면욕까지 앗아가버리는 우울한 나날들이 며칠이고 계속되었다.

우선 세미나 내용을 반 정도밖에 알아들을 수 없어 울분이 터졌다. 그랬기에 필기를 제대로 할 수 없었고 질문을 한다거나 내 의견을 드러낸다는 일은 아예 상상조차도 할 수 없었다. 그저 듣기만 하는데다 들은 것조차 이해하지 못하기에 아무런 반응도 하지 못한 채 앉아 있다가만 돌아오는 일이 부지기수였다. 세미나에 참석하는 것이 아니라 가방만 들고 왔다 갔다 하는 것뿐이었다. 세미나 내용을 명확히 파악한 끝에 비판적이고 예리한 질문들을 던지고 자신들의 의견을 당당히 드러낼 줄 아는 다른 참여자들이 부러웠다. 비록 같은 교수 아래서 같은 수준의 박사논문 과정을 진행하고 있고 같은 교실에 앉아 있다 하더라도, 그들은 나와 차원이 다른 세계에 속해 있는 것 같았다. 그런데 문제는 내가 그것을 인정하고 받아들이려고 하지 않는 데 있었다.

파리 제5대학 소속의 지도교수가 파리 제7대학 소속의 다른 한 교수와 공동으로 주최 운영하는 이 세미나에서는, 두 교수의 지도를 받아 학위를 받은 후 연구소나 다른 대학에서 근무하고 있는 연구자들이 자신의 연구 내용을 가져와 발표하곤 했다. 간간이 이 두 교수와 인연이 있는 프랑스 혹은 외국의 명성 있는 교수들이 초대되기도 했다. 또한 이 두 교수 아래에서 학위논문을 쓰고 있는 학생들 중 그 논문 내용이 교수의 눈에 우수하다고 여겨질 경우 이 세미나에서 발표할 수 있는 영광을 얻었다. 나는 특히 그런 기회를 얻은 학생들이 너무나 부러웠다. 나는 아직 논문 초기 과정이었기 때문에 그런 상황을 엄두도 못 냈지만, 언젠가는 그들처럼 내가 연구한 내용을 남들 앞에서 당당히 소개하고픈 야심을 마음 한구석에 꼭꼭 눌러 숨기고 있었던 것이다.

나의 이 숨은 야심은 논문 말기에 가서 결국 빛을 보긴 했지만, 거기에 이르기 전까지 세미나로 인해 받은 스트레스는 이루 말로 표현할 수 없는 것이었다.

내게는 같은 해에 같은 지도교수 밑에 들어온 그리스 친구가 있었다. 세미나가 끝나면 종종 그녀와 함께 차를 마시며 스트레스를 토로하곤 했다. 그녀 역시 나와 같은 심정이었기에 우리는 서로의 마음을 열고 위로하는 사이가 되었다. 그녀도 언어장벽의 어려움을 이야기했지만 필기 능력을 보면 그녀의 프랑스어 실력이 나보다는 한층 위였다. 내가 보기엔, 그녀는 언어장벽보다는 소심증으로 인해 훨씬 더 스트레스를 받는 것 같았다.

우리의 논문 말기 과정에 이르러, 그녀는 나보다 몇 차례 앞서 선망의 대상이자 스트레스의 근원이기도 한 바로 이 문제의 세미나에서 발표할 수 있는 기회를 얻게 되었다. 그녀가 며칠 밤을 설치며 세미나를 준비했는지도 모른다. 사방에서 날아올 비판의 채찍에 대응하기 위해, 무엇보다도 지도교수의 인정을 받기 위해.

운명의 날 아침, 그녀는 잠을 못 자 충혈된 눈과 핏기가 사라진 창백한 얼굴을 하고 나타났다. 나는 그녀 옆으로 다가가 용기를 내라고 속삭였다. 그녀는 교단 위로 올라가 발표를 시작했다. 약 10분 정도 일사천리로 말이 줄줄 나오는가 했더니 갑자기 그녀의 머리가 옆으로 축 처지며 뻣뻣해진 몸이 뒤로 막 넘어가려 했다. 순간 앞에 앉았던 지도교수가 뛰어나가 가까스로 넘어지는 그녀의 몸을 바로잡았다. 더 놀라운 것은 그런 상황에서도 그녀는 여전히 발표문의 문장들을 뱉고 있었다는 점이었다. 지도교수 이하 모든 참석자들은 놀라움과 걱정과 동정이 뒤섞인 감정으로 입을 다물지 못하고 있었다. 그녀는 약 1분간 의식을 잃었다가 다시 깨어나자마자 발표를 계속하려 했다. 지도교수 및 동료 학생들이 다음으로 미루자고 만류했으나 그녀는 완강히 고집을 부리며 계속하겠다고 주장했다. 모두들 그녀의 용기와 열성적인 준비에 감복해 그녀의 주장을 수용했다. 그리고는 그녀가 또다시 발작을 일으키지나 않을까 걱정스러운 눈으로 숨을 죽이며 발표 모습을 바라보고 있었다.

그러나 숨소리마저 죽이는 그 적막과도 같은 고요함이 오히려 더욱 거북함과 긴장감을 불러일으킨 것 같았다. 다시 시작한 지 5분도 채 못 되어 그녀는 또 발작을 일으켜 의식을 잃고 말았다. 사람들은 저마다 탄식을 내뿜으며 모여들었다. 그녀의 의식이 되돌아오자 지도교수는 그녀를 위로하고 달래면서 발표를 다음 기회로 미루자고 설득했다. 그제야 그녀는 눈물을 머금고 고개를 끄떡였다. 그녀에게는 너무도 힘든 포기였으리라. 모처럼 잡은 기회를 위해 최선을 다했는데. 그 뒤에 찾아오는 크나큰 실망감과 허탈감을 그녀는 어찌 감당했으랴.

그날 집으로 돌아오는 길에 나의 마음은 여러 상반된 감정들이 뒤얽혀 복잡하고도 착잡했다. 과연 그 세미나가 무엇이기에 그녀는 생명의 위험까지 무릅쓰려 했을까? 얼마나 열심히 준비를 했으면 의식을 잃어가는 와중에도 입으로는 여전히 외운 문장들을 말할 수 있었단 말인가? 그녀는 분명 그 세미나로 인해 나보다도 훨씬 더 고통과 스트레스를 받은 희생자였으리라. 이국의 땅에서 이국의 언어로 공부를 한다는 것이 이토록 힘겨운 일일 줄이야! 그렇게 그 문제의 세미나는 늘 나에게, 아니 우리 이방인 학생들에게 심한 홍역을 앓게 했다.

높디높은 분석의 담을 넘어

천이 날줄과 씨줄로 짜이듯이, 인간의 삶 또한 고통과 기쁨으로 엮어지는 것. 그래서였는지 유학 과정이 늘 불안하고 우울한 날들의 연속만은 아니었다. 가끔씩 햇빛이 드는 날들도 있었다. 그 한 예가 바로 내 D.E.A. 논문 지도교수의 소개로 알게 된 프랑스 국립교육학연구소I.N.R.P.의 연구자와의 만남이었다. 이 연구자는 당시 개척 단계에 있는 역사 교수방법론 쪽에서의 책임자이자 일인자였다. 이분이 아니었으면 나는 박사논문을 완성하지 못했을지도 모른다. 그 정도로 이분의 도움은 컸다. 지도교수의 전공이 나의 박사논문과 직접적으로 관련된 것이 아니었기에(그의 전공은 학습 심리학이자 수학 교수방법론 쪽이었다), 그는 내게 구체적인 실험 아이디어나 분석 방법론들을 제시해줄 수는 없었다. 반면에 그는 뛰어난 지력과 명석한 판단력으로 연구 방향을 제시해주었고, 사잇길로 빠지지 않도록 나를 이끌어주었다. 구체적인 방법론들은 주로 내 분야의 전문가인 국립교육학연구소의 연구자와 논의했다. 이렇게 나는 두 사람의 훌륭한 지도 밑에서 박사논문을 완성할 수 있었다. 그것은 누구나 쉽게 얻을 수 있는 기회가 아니었다. 같은 지도교수 아래서 연구하고 있는 동료들이 이런 나를 매우 부러워할 정도였으니까.

박사논문을 위한 첫 실험으로, 나는 파리의 어느 초등학교 4학년 반 아이들과 면담을 했다. 그 면담 결과를 분석해야만 했는데, 난생처음 분석을 하다 보니 도무지 어떻게 해야 할지 몰라 한동안 헤매고 있었다. 여러 분석 사례들을 담은 논문 몇 편을 뒤적이며 전전긍긍하다가 겨우겨우 20페이지가량 썼던 것 같다. 그랬다. 그것은 그저 쓴 것이지 분석은 아니었다. 그러나 그 이상 어찌해볼 도리가 없어서 그걸 가지고 지도교수를 찾아갔다. 예상했던 대로, "이것은 분석이 아니라 수필이다"라고 했다. 그리고 분석이란 어떤 것인지, 어떻게 하는 것인지 대충 커다란 원리들을 설명해주었다. 나는 이 20페이지를 들고 다시 국립교육학연구소의 연구자를 찾아갔다. 그 역시 나의 글에 크게 실망했는지 처음부터 다시 분석해보라고 권고했다. 그러면서 그는 아이들의 면담 내용을 가지고 분석 가능한 구체적인 아이디어들을 이리저리 던져주었다.

두 사람이 내게 던진 질문들과 비판, 충고와 설명, 또한 내가 쓴 것을 이리저리 들쑤시면서 간접적, 직접적으로 암시해준 분석 아이디어들을 우선 차근차근 정리했다.

그러고는 읽고 생각하고 읽고 생각했다……. 그들이 던져준 희미하게 보일 듯 말 듯한 패턴을 잡으려고, 그 패턴을 좀 더 확실히 보고 느끼려고 얼마나 안간힘을 썼는지. 겹겹으로 두껍게 쌓인 안개를 헤치는 작업. 그러나 헤치면 헤칠수록 안개는 더더욱 겹겹으로 모여들어 나를 휩싸버렸다. 안개 속에 갇혀서 더 이상 아무것도 분간할 수 없는 상황처럼 느껴졌지만, 거기서 포기할 수는 없었다. 나는 몸부림쳤다. 분석의 실체를 좀 더 분명하고 뚜렷하게 보고자. 그것은 실로 식은땀이 나는 작업이었다. 여름날 대학 기숙사촌의 찌는 듯한 방 안에 앉았어도 내 몸은 늘 서늘했다.

약 한 달간의 몸부림 끝에, 이만하면 시작해도 되겠다는 생각이 들었다. 나는 나의 첫 실험 결과들을 다시 들고 앉았다. 완전 제로에서 다시 시작해야 했다. 분석의 정체를 어렴풋하게나마 깨달은 덕분인지 실험 결과가 뭔가 처음과는 다르게 보이는 것 같았다. 어떻게 분석해야겠다는 커다란 틀이 대략적으로 머리에 그려지기 시작했고, 그 틀에다 실험 내용을 짜 맞추니 여기저기서 구체적인 분석 아이디어들이 샘물처럼 솟아 나왔다. 무엇을 위해 무엇을 분석할 것인가 하는 분석 목표가 뚜렷이 서고, 도표도 만들어지고, 결과도 나오고, 결과에 대한 해석도 해냈다. 그것은 난생처음으로 경험해보는 참으로 열정적이고 흥미로운 작업이었다. 나도 드디어 그토록 높아만 보이던 분석의 담을 뛰어넘었구나! 하는 쾌감이 솟구쳤다.

나는 분석한 것을 들고 먼저 지도교수를 찾아갔다. 아니나 다를까, 예상대로 그는 내 작업에 매우 만족해하면서, "당신은 이제 당신의 독특한 분석의 길을 찾은 것 같다. 앞으로 당신 논문을 이런 식으로 계속 분석해나간다면 아무 문제가 없을 것이다. 반대로 아주 좋은 논문이 되리라 믿는다"며 몇 번이고 칭찬했다. 그날, 그의 연구실을 나온 나는 기쁨으로 몸을 떨었다. 길을 걸으면서 휘파람과 콧노래가 저절로 나왔고, 세상이 그토록 아름다워 보일 수가 없었다. 길 가는 아무라도 붙잡고 나의 이 벅찬 기쁨을 나누고 싶었고, 찬란한 햇빛에 푸른 잎들을 반짝이고 있는 아름다운 나무들에게도 이 기쁨을 속삭이고 싶었다. 그랬다. 그날의 기쁨은 너무도 포만해서 누군가에게 나누어주지 않으면 폭발해서 터져버릴 것만 같았다.

국립교육연구소의 연구자와의 만남은 그 기쁨을 한층 더 고조시켰고 더 오래 지속시켜주었다. 그 역시 나의 작업에 매우 흡족한 반응을 보였던 것이다.

내 뼛속까지 파고들었던 기쁨과 짜릿한 행복의 순간
들! 그것은 바로 내 학위논문의 성공의 여부를 결정짓는
순간들이었다.

또 다른 벼랑 앞에 서다

학위를 받았을 때 그 누구보다도 기뻐한 사람은 남편
이었다. 남편은 내가 마주친 수많은 장벽들에도 불구하고
끝까지 밀어붙인 끈기와 인내심을 대견스러워 했다. 학위
논문을 무사히 마칠 수 있었던 데에는 그의 도움이 적잖
게 컸음을 고백하지 않을 수 없다. 논문의 반 이상이 그의
손을 거친 셈이었으니까. 자신의 일정이 바빠도 내 논문
의 프랑스어 교정을 위해 얼마나 애를 썼던가. 남편은 축
하의 의미로 3주간의 미국 여행을 제의했다. 그때까지만
해도 내 마음은 무척 들떠 있었다.
원래 계획은 박사학위를 받고 한국으로 돌아가 대학
강단에 서는 것이었다. 그러나 나는 박사학위 중 프랑스
인과 결혼했고, 프랑스에 남기로 결정했다. 그래서 인생
의 진로를 새롭게 설정해야 했다. 그것은 다름 아닌, 어차

피 시작한 박사논문을 끝내고 프랑스에서 이 학위를 써먹을 수 있는 직장을 찾겠다는 것이었다. 그런 생각이 굳어지자 나는 언젠가부터 프랑스 대학에 자리를 잡겠다는 포부를 키우기 시작했고 그 꿈은 박사논문을 마칠 때쯤 보여준 지도교수와 국립교육연구소 연구원의 긍정적인 반응을 고려할 때 어느 정도 실현 가능성이 있어 보였다. 그 가능성은 학위논문에 대한 심사 위원들의 평가를 통해 좀 더 희망적인 방향으로 기울어졌다. 그래서 나는 학위를 취득한 지 얼마 안 되어 여러 대학의 교수 채용 공고에 응시하기 위해 열심히 서류 준비를 하러 뛰어다녔고, 여행을 떠나기 전에 만반의 서류를 갖추어 제출했다. 그랬기에 나는 그 여행을 처음부터 끝까지 마음껏 즐길 수가 있었다.

우리는 몇몇 아는 가족이 있는 애틀랜타를 여행 거점으로 택했다. 1996년 1월, 여전히 춥고 눈발이 날리는 프랑스 날씨를 뒤로하고 비행기에 올랐다. 그 순간의 흥분과 환상적 기쁨! 약 7년의 세월 동안 덕지덕지 내려앉은 먼지와 겹겹으로 쌓인 묵은 때들 속에 갇혀 있다가 이제 막 밖으로 나와 햇빛을 보게 될 때 느끼는 해방감이랄까. 마음은 새털처럼 가볍고 마치 천사의 날개라도 단 듯 훨

훨 날고 싶은 심정, 길고 긴 마치 끝이 없을 것만 같아 보이던 어두운 동굴을 막 빠져나와 새로운 세계를 발견했을 때 느끼는 경이로움. 그랬다. 당시의 내 마음은 온통 이러한 환희들로 가득 차 있었다. 학위를 받은 내가 자랑스럽고 영광스러웠고, 삶이 장밋빛으로 수놓은 듯 아름다웠다. 세상이 모두 내 손 안에서 움직이는 듯, 하면 안 될 것이 없다는 미래에 대한 자신감과 확신도 있었다.

그러나 돌아오는 비행기에서부터 나는 세상살이 걱정을 하기 시작했다. 전에 서류를 제출한 두 대학에서 혹시나 소식이 올까 싶어, 이웃집 사람에게 우체통 확인을 부탁하고 갔었다. 그런데 돌아오는 비행기를 탈 때까지 아무 소식도 듣지 못했던 것이다.

아니나 다를까 여행에서 돌아온 지 얼마 후, 다른 사람이 채용되었다는 내용의 편지가 차례로 날아왔다. 비록 희망보다는 우려가 강한 상태로 기다리긴 했지만, 막상 낙방 소식을 들으니 온몸에서 힘이 빠져나갔다. 7년이나 공을 들인 전공을 포기해야 할 것인가? 대학 강단에 서겠다는 꿈을 정말 접어야 할 것인가?

실망과 좌절 속에서 헤매고 있는데, 다행히도 그해 1996년 3월에 전공 분야 쪽과 관계되는 국제학술토론회가 열린다는 소식을 접했다. 주최자는 다름 아닌 내 박사 논문에 많은 도움을 준 국립교육연구소의 연구원이었기에, 나는 기꺼이 발표자로 참석 의사를 밝혔다. 전공과 직결되는 학술토론회인 만큼 참석은 의미가 컸다. 더구나 내 논문은 역사 및 사회과학 분야의 교수방법론에서 흐르는 새로운 이론 경향에 바탕을 둔 실험 분석이었기 때문에 더더욱 그랬다. 나는 다시 가느다란 한 줄기의 희망의 빛에 매달리며 한동안은 그것을 준비하느라 정신없이 보냈다.

학술토론회에서는 성공적으로 발표했다. 많은 사람이 관심을 보였으며 그들은 나의 연구 주제와 발언에 수긍했고 또 논문이 궁금하다고도 했다. 그것은 내게 자신감을 주었고 계속해서 내 전공 분야 쪽으로 연구해보고픈 소망을 심어주었다. 사람들의 반응으로 보아 나의 연구가 사회에 유용한 것이고 교육학의 발전에도 조금이나마 기여했음을 느낄 수 있었고, 그에 뿌듯한 마음이 들었다.

나는 전공을 살릴 수 있는 길을 찾고 싶었다. 논문을 책으로 만들어내는 꿈도 꾸었다. 그리고 잠시나마 이 모든 것이 쉽게 이루어질 것만 같다는 생각도 들었다. 파리만 해도 교육 연구소들이 많으니까. 굳이 대학이 아니라

해도 내 전공을 살려 일할 수 있는 연구소만 찾을 수 있다
면……

먼저 학술토론회에서 만난 사람들을 통해 연구소 분
야의 자리를 수소문해보기 시작했다. 그러나 이내 감지했
다. 그것은 낙타가 바늘구멍 속을 빠져나가기보다 더 힘
들다는 것을. 아니 외국인인 나에게는 거의 불가능하다는
것을. 모든 자리는 이미 차 있었을 뿐만 아니라 비록 빈다
하더라도 그것은 교육부 관할에 소속된 교사나 교수, 연
구자 및 교육 공무원 들의 자리바꿈이지, 결코 외부 사람
을 채용하지 않는다는 사실을 알게 되었다.

논문 지도에 힘써 주신 국립교육연구소의 연구원도
찾아가보았다. 그는 나와 일해보고 싶다고 했지만, 문제
는 재정이라고 했다. 마침 새로운 연구 프로젝트가 있으
나 외부인을 채용할 재정 능력은 되지 않는다는 것이었
다. 국가의 월급을 이미 받고 있는 교사나 교수 및 연구자
들을 동원하면 월급을 이중으로 지불할 필요도 없고 단지
연구에 할애한 시간만큼만 더 지불하면 되었던 것이다.
그는 내가 원한다면 무료 봉사로 새로운 연구 프로젝트에
참여할 수는 있지만 채용 문제는 보장할 수 없다면서 매
우 유감스러워했다. 내가 가진 한국과 프랑스의 양쪽 문

화를 살리면 매우 유용한 연구 작업을 할 수도 있을 텐데, 하면서 못내 아쉬워하며 내게 이 양쪽 문화를 활용할 수 있는 길을 찾기를 권유했다.

나는 또다시 같은 질문에 봉착했다. 이제 무엇을 할 것인가? 대학도 연구소도 더 이상 희망이 없어 보였다. 물론 내년에라도 다시 대학교수 채용 공고에 응모해볼 수는 있었다. 그러나 순진한 꿈에서 깨어나 현실을 보다 가까이 접했기에 마냥 그것만 기대할 수도 없었다.

현실 세계는 예상보다 가혹했다. 내가 생각하는 순수하고 정직하며 객관적인 학문 세계란 없는 것 같았다. 모든 것이 재정의 유무에 달려 있을 뿐만 아니라 저마다 자신의 이익에 연연해 교수들끼리의 알력과 갈등이 심화되고 그것에 죄 없는 학생 희생자가 생기고, 옳은 지식과 그른 지식의 준거가 힘에 의해 결정되는가 하면 심지어는 교수 채용 역시 이런 교수들의 알력과 힘의 영향을 받는다는 복잡 미묘한 현실……. 한국에서의 상황은 익히 알고 있는 바였지만, 설마 프랑스에서까지 이런 상황일까? 하는 생각은 진정 순진한 것이었다. 물론 한국에서만큼 공공연히 노골화되고 지나치게 극대화되진 않았지만 말이다.

나와 같은 지도교수 아래서 논문 발표를 한 해 일찍 한 그리스 친구(세미나에서 기절한 친구의 친구)는 운이 좋게도 학위를 받은 지 얼마 안 되어 프랑스 북쪽 도시인 릴 내릭 전임강사로 채용되었다. 나는 처음에 그녀를 매우 부러워했고, 그녀 역시 외국인이었기에 외국인인 나 역시 안 될 이유가 없다는 식으로 가슴 벅찬 기대를 가지기 시작했었다. 그러나 두 학기 정도 근무한 그녀의 경험담을 들으면서 벅찼던 내 가슴에는 구멍이 뚫려 서서히 바람이 빠져나가는 듯했다. 그녀의 말에 따르면, 처음 들어간 초보 전임강사에게는 전공과는 아무 상관없이 기존 교수들이 가장 하기 싫어하는 찌꺼기 강좌들만 맡긴다는 것이었다. 그래도 학생들과의 관계는 견딜 만한데, 가장 스트레스를 많이 받는 건 교수 회의 때라고 했다. 교수들 간의 알력도 알력이거니와 특히 말하지 않고 가만히 앉아 있으면 쉽게 무시하거나 업신여긴다는 것이었다. 그녀의 이 말은 프랑스에서 대학교수가 되겠다던 내 꿈과 그때까지만 해도 조금 남아 있던 자신감을 완전히 앗아가버렸다.

우선 대학에서 전공한 것이 아닌 과목을 가르쳐야 한다는 것에 자신이 없었다. 생소한 내용을 순전히 프랑스어로 연구하고 요약해서 가르쳐야 한다는 건데, 나보다 프랑스어 실력이 월등한 학생들 앞에서 과연 무엇을 가르칠 수 있겠는가. 차라리 가르칠 내용들을 텍스트 그대로 학생들에게 주는 것이 낫지. 그러면 그들이 나보다도 훨씬 더 빨리 이해할 텐데. 또한 교수 회의에서의 스트레스를 어떻게 견뎌낼 수 있겠는가? 이런 식의 자격지심적인 회의가 밀려와 나는 해마다 있는 교수 후보자 응시도 완전히 포기해버렸다.

일을 해야 하는데, 직업적 진로를 찾아야 하는데…… 7년이나 공부에 정성을 쏟았으면 앞가림 정도는 해야 하는데……. 그러나 한국에서도 공부, 프랑스에서도 오로지 공부만 한 내가, 한국에서 겨우 2년 반간 교육사-철학을 가르친 경험만 가진 내가 과연 무엇을 할 수 있을까?

대안과 해결책은 없이 의문만 가득한 채 하루하루를 보내다 보니 신경은 극도로 예민해져 불면증이 더욱 심해졌다. 어떤 때는 2주 또는 3주를 꼬박 잠 못 이루는 밤들에 시달려야 했다. 그럴 땐 이 원수 같은 불면증과 끝까지 싸워보겠다고 새벽의 여명이 유리창으로 다가올 때까지 책을 들고 앉아 있을 때도 종종 있었다. 그러나 잠은 오지 않고 머리만 지끈거리도록 아팠고 더구나 눈까지 침침하고 따가워서 더 이상 책도 읽을 수가 없었다. 밤새도록 자리에 눕지 않았으니 낮에라도 혹시나 하고 잠을 기대했지만, 잠은 진정 씨를 말렸는지 좀처럼 오지 않았다.

아주 작은 소리에도 놀라 가슴이 뜨끔거렸고 하찮은 일에도 신경이 곤두서곤 했다. 정신의 쇠약함이 서서히 육체를 좀먹기 시작했다. 불면증과 더불어 온몸이 쑤시고 아파왔다. 으스스 춥기도 하고 식은땀이 나는가 하면 밤새도록 기침이 멈출 줄을 몰랐다.

나와 남편은 물론 의사까지도 처음 얼마간은 단순한 감기몸살로 생각했다. 그러나 아무리 약을 먹어도 차도가 없어 몇 번이나 의사를 찾아갔고 매번 기침을 가라앉히는 약을 가져와 먹었다. 별 효과를 보지 못한 채 몸 전체가 도저히 견디지 못할 만큼 아파서 나는 네 번째로 의사를 찾아갔다. 의사도 이상히 여겨 폐의 엑스레이 사진을 찍어보자고 했다. 결과는 금방 나타났다. 폐에 염증이 생겼다는 것이었다.

마음이 얼마나 아팠길래 이렇게 육체의 병까지 가져왔을까. 나는 나를 다시 추슬러 일으켜야 했다. 그렇지 않으면 그대로 죽음의 구렁텅이로 떨어질지도 몰랐다. 살아남기 위해서는 정신적 방황을 끝내야만 하는데, 그러나 어떻게? 뭔가 새로운 삶의 목표를 정해야 했다. 그것은 곧, 이 세상에서 내 존재의 유용함을 입증할 수 있는 근거를 찾아내야 한다는 것이었다.

그렇게 서서히 내 운명의 방향을 틀게 된 것이 한국문학 전도사의 길을 걸어온 오늘의 나를 있게 했다.

3장.
한국문학 번역가의
일상과 과제
: 현재와 미래

프랑스의 한국문학 현장

한국문학 기획가이자 번역가로서 활동해온 해가 쌓여 갈수록 여기저기서 콘퍼런스 요청이 들어온다. 그때 내가 주로 다루는 주제 중 하나가 프랑스에서 한국문학의 점차 적인 보급 진전 상황과 이후 전망이다.

프랑스에서 소위 한국 '현대문학'이 소개되기 시작한 것은 벌써 30년이 넘는다. 한국문학이 프랑스 및 프랑스 어권 독자들과 진정으로 만나게 된 것이 1990년대 초부 터였으니 말이다. 그런데 한국 작품들에 대한 프랑스 출 판사들의 관심이 이후로 점차 높아졌는가 묻는다면, 내가 보기엔 그 관심도가 경제 사이클처럼 오르막과 내리막을 왔다 갔다 하는 것 같다. 1990년대 초, 특히 프랑스의 두 출판사 악트쉬드와 필립 피키에가 한국 현대소설 출판에 뛰어들었다. 그러나 애석하게도 상업적으로 별 성과가 없자 악트쉬드는 출판 속도를 늦추었고 피키에는 출판을 거의 멈추었다.

　프랑스 출판사들이 다시 한국 작품에 흥미를 가지게 된 것은 21세기에 진입하면서부터다. 2000년대 초에 쥘마 출판사가 한국문학에 관심을 가지고 황석영과 이승우를 비롯한 여러 한국 작가의 작품들을 규칙적으로 출판하기 시작했다. 특히 황 작가와 이 작가는 당시에 프랑스 매체로부터 큰 호평을 받았고, 심지어는 황 작가의『손님』과 이 작가의『생의 이면』이 각각 해외 작가에게 수여하는 문학상인 페미나상Fémina Etranger의 후보작으로 오르기도 했다. 필립 피키에 출판사가 2004년부터 다섯 권짜리 아동 판타지소설 시리즈물인『고양이 학교』를 출간했는데, 이 작품이 예상 외의 상업적인 성공을 거두자, 출판사는 그간 몇 해 동안 포기했던 한국 작품 출판에 다시 뛰어들었다. 그리고 2007년에는 '한국 컬렉션'까지 창설해서 나를 기획가로 앞세웠다.

　한 한국 작품이 성공을 거두면 다른 프랑스 출판사들도 한국문학에 대한 흥미를 가지는 것은 당연한 이치다. 바로 이러한 현상이『고양이 학교』시리즈와 함께 일어났다. 이 작품의 성공에 힘입어 디디에 쥬네스Didier Junesse,

시로Syros, 쉐이유 쥬네스Seuil Junesse, 뤼디몽드Rue du Monde 등과 같은 여러 프랑스 아동 전문 출판사들이 한국 그림 동화 상당수를 여러 해 동안 출간해냈다. 게다가 2006년에 창립되어 2008년에 플라마리옹 그룹으로 들어간 찬옥-플라마리옹 출판사가 전적으로 한국 아동문학 작품만 규칙적으로 출간하면서 한동안 프랑스 도서 시장에서 한국 아동문학 작품 수가 늘어나는 데 상당히 기여했다. 성인문학과 관련해서 연간 두 작품 내지 다섯 작품을 꾸준히 출간해내는 쥘마, 필립 피키에, 이마고 출판사 이외에도 악트쉬드도 좀더 적극적인 관심을 보였고 오브, 쉐이유, 갈리마르, 미셸 라퐁 등 중견 또는 대형 출판사들도 적어도 한국 소설을 한 권 이상 출간해내는 프랑스 출판사의 대열에 올랐다. 그러나 나의 관찰에 따르면 한국문학에 대한 열정은 2013년을 전후로 다소 식어버린 느낌이 든다.

한국문학을 여전히 고수하는 필립 피키에 출판사를 제외하고는 쥘마와 찬옥-플라마리옹이 한국 작품 출판을 포기했다. 2012년에 드크레산조 출판사가 창설되어 초창기에 한국 작품들을 규칙적으로 출간했지만 상황을 역전시키지는 못했다. 2016년 파리의 국제 도서전에 한국이 주빈국으로 초정되었지만 이 역시 별로 커다란 반향을 불러일으키지는 못했다.

그런데 2019년에 들어오면서 한국문학에 내한 새로운 관심이 프랑스 출판계와 독자들에게서 느껴졌다. 그간 한국 작품을 전혀 출판하지 않은 출판사들이 한국 소설을 다루기 시작했던 것이다. 리바즈 누아르Rivages noirs, 닐Nil, 라 크루아제La Croisée, 조에Zoé, 베르디에Verdier, 포켓 쥬네스Pocket jeunesse 그리고 2020년에 생겨 한국 추리소설만 전문으로 출판해낸 마탱 칼므Matin Calme(애석하게도 이 출판사는 2023년부터 활동을 멈춘 상태다) 등의 출판사들을 그 예로 들 수 있다.

무엇이 이러한 열풍을 불러온 것인가? 우선 2020년에 닐 출판사에서 나온 조남주의 경장편소설 『82년생 김지영』의 상업적인 성공이 이에 상당한 기여를 했다고 볼 수 있다. 그리고 프랑스 및 전 세계에 점점 더 확산되고 있는 케이팝과 한국 영화 및 드라마로 대표되는 한류열풍도 이에 한몫을 했다고 본다. 또한 요즘 들어 더 많은 한국 작품들이 영어로 번역되고 영어권에서 중요한 상을 받거나 후보작 리스트에 오르는 현상들이 프랑스 출판인들에게 한국 책을 출판하도록 고무하기도 한다. 물론 이 모든 것의 이면에는 재정지원 기관인 한국문학번역원 및 대산문화재단과 중간 역할을 하는 문학 에이전트, 번역가 들의 활발한 작업이 있음도 강조해야 할 것이다.

인생의 모든 것이 그러하듯, 프랑스에서 한국문학의 시장성 역시 성장과 저성장을 오르내리고 있음을 볼 수 있다. 앞으로도 이러한 높낮이의 사이클은 계속될 것이지만, 크게 볼 때 프랑스나 해외 현지에서의 한국문학의 인지도는 위에서 살펴본 여러 요인들을 고려할 때 점차 높아질 수밖에 없으며, 따라서 그 전망 역시 비교적 밝다고 볼 수 있다.

한국인을 주인공으로 다루는
프랑스 작가들의 등장

일본 만화가 프랑스에서 대인기를 누리면서 일본인 만화가의 작품과 유사한 만화를 창작해내는 프랑스 작가들을 심심찮게 볼 수 있다. 한국과 관련해서도 이런 비슷한 현상이 문학의 영역에서 일어나고 있다는 사실을 알게 되었다. 1장에서 언급한 엘렌과 모드를 만나고 온 후 인터넷을 뒤져보니 아니나 다를까, 한국 작가가 쓰지 않은, 그러나 한국이 배경이고 한국인 또는 한국인과 프랑스인이 등장인물로 나오는 문학작품들이 꽤 있었다.

주로 한국 드라마와 케이팝에 탐닉하는 프랑스의 젊은 여성작가들이 써내는, 즉 드라마 배우나 케이팝 스타를 주인공으로 내세운 로맨스를 다루는 청소년 및 영 어덜트 소설이 상당 부분을 차지했다. 물론 엘렌처럼 임진 왜란이나 한국의 중세 시대를 배경으로 하는 역사 판타지물도 더러 눈에 띄었다. 아셰트 로망, 나탕, 위고, 스크리네오 등 프랑스에서도 상당히 인지도가 높은 출판사들이 이러한 작품을 내고 있었다.

최근에 나는 재미있게 읽은 한 한국 청소년 소설을 내가 알고 있는 프랑스 출판인에게 소개했다. 이 출판인은 한 대형 출판사의 계열사인 레리브르-디-드라공도르Les livres du dragon d'or로 직장을 옮겼다며, 자기는 거기서 K문화와 로맨스를 다루는 청소년 및 영 어덜트 작품을 주로 담당하고 있으니 한국의 청소년 사랑 이야기를 쓰는 한국 작가의 소설을 소개해달라고 했다. 그래서 그 출판사의 사이트를 살펴보니 여러 프랑스 여성작가들이 쓴 한국 문화와 청소년 사랑 이야기를 테마로 한 작품 다섯 권이

2023년 9월부터 나오고 있었고, 같은 테마의 다른 세 작품도 2024년 8·9·10월에 각각 출간될 예정이었다. 이중 한 작가는 한국을 두루 여행하면서 작품 활동을 한다고 밝히기도 했다.

이러한 문학작품의 창작은 한류열풍이 가져온 결실이라 볼 수 있는데, 이것이 과연 한국 작가의 작품을 프랑스에 소개하는 데 있어 이득이 될까 해가 될까라는 의문을 잠시 품지 않을 수 없다. 짧게 보면 다소 부정적인 시각일 수도 있다. 그러나 좀 더 길게 바라보면 반드시 해가 되는 것만은 아닌 것 같다. 왜냐하면, 이러한 문학작품이 성행한다는 것은 그만큼 한국과 한국 문화를 사랑하는 독자들이 많다는 것을 의미하고, 이 독자들이 곧 한국 작가 작품의 독자도 될 수 있는 가능성이 높기 때문이다. 대신에 한국 작품을 소개할 때 같은 사랑 이야기라도 프랑스 작가가 접근할 수 없는, 한국인으로서만 캐치할 수 있는 한국적 정서나 환경 등 뭔가 한국 특유의 요소가 가미된 경쟁력 있는 책을 선별하도록 각별한 주의를 기울여야 할 것이다.

번역의 난제들

위에서도 언급했듯이, 북 토크 또는 콘퍼런스를 하기나 작가를 동반해 통역을 할 때, 혹은 인터뷰를 할 때 가장 자주 언급되는 질문 중 하나가 번역상의 문제나 어려움이기에 여기서 간단히 짚어보고자 한다.

한 나라의 문화·사회적인 이해와 시각을 다른 나라의 언어로 옮긴다는 것이 결코 쉬운 일이 아니지만, 특히 단어나 문장 표현의 반복을 싫어하는 몰리에르의 언어로 매끄럽게 옮기는 일이란 여간 까다롭고 섬세한 작업이 아니다. 20년을 훌쩍 넘기는 나의 번역 경험에 따르면, 여러 크고 작은 다양한 문제점들이 있지만 그중에서도 번역 시 가장 자주 봉착하게 되는 두 난제가 있다. 그 하나는 시제 문제이다.

한국어에도 프랑스어처럼 현재, 미래, 과거, 반과거, 대과거 등이 엄연히 존재한다. 그런데 문제는 한국어에서는 이러한 시제들을 프랑스어만큼 엄격하게 사용하지 않는다는 데 있다. 한국 작가는 현재에 일어난 일을 과거 동사로 표현하기도 하고 그 반대로 표현할 수도 있다. 대과거나 반과거 동사가 엄연히 있음에도 불구하고 이를 아주 드물게 사용한다. 따라서 한국어 독자는 사건의 시간을 동사의 시제와 관계없이 주로 상황과 맥락에 따라 추측한다. 더욱이 프랑스어 문어에는 한국어에는 없는 단순과거가 있어서 어떤 사건이나 행동이 일시적이고 단발적으로 이루어지는 때를 명확히 구분할 수 있다. 반면 한국어 문어의 경우, 단발적인 것이나 반복적인 것을 모두 현재완료형 과거 동사 하나로 표현할 수도 있기 때문에 이 둘을 구분하는 것은 순전히 독자의 몫이다.

그런데 한국문학 작품을 번역할 때, 상황과 맥락의 도움을 받아도 이 시제들의 경계선이 모호하고 불분명할 때가 꽤 있다. 그럴 때는 문맥의 앞뒤를 여러 번 읽거나 전체를 재독해서 사건의 시제를 잘 파악하는 길 외에는 다른 방법이 없다. 시제의 정확성과 일관성을 요구하는 프랑스어 문어와 전혀 그렇지 못한 한국어 문어 사이의 갭을 메꾸는 가장 적합한 공식을 찾아내는 것이 번역가의 역할이다.

두 번째 어려움은 문화 차이다. 한국에 있는 전통, 관습, 예절, 음식, 물건, 놀이 등이 프랑스에는 없을 때 이를 어떻게 번역할 것인가?

이 문제를 해결하기 위해서는 각주를 사용하는 방법이 있다. 자연과학이나 특히 난해한 철학이나 인문사회과학 서적을 번역할 때는 부담 없이 각주를 활용할 수 있다. 그러나 문학작품일 경우는 문제가 복잡미묘해진다. 특히 나처럼 대중을 겨냥하는 아동 및 청소년 소설이나 성인 소설을 주로 번역하는 이들은 각주에 의존하는 것을 되도록 피하는 것이 좋다. 이는 또한 출판사가 원하는 바이기도 한데, 왜냐면 읽는 와중에 페이지 아래의 각주나 책 마지막에 있는 미주를 참고하는 것은 확실히 독서를 방해하거나 속도감을 늦추게 하기 때문이다.

따라서 나는 프랑스에 존재하지 않는 한국적 관습이나 예절, 음식 명 등이 문제가 될 때, 각주를 넣는 대신에 이들을 문맥 안에 풀어 설명하려고 노력한다. 물론 문맥상 가능할 경우에. 여자 한복을 예로 들자면, 이를 먼저 프랑스어 이탤릭체로 전사하고 그 옆에 바로 '한복, 긴 치마와 짧은 저고리로 구성된 전통복 *le hanbok, ce costume traditionnel composé d'une longue jupe et d'une veste courte*'이라는 설명을 덧붙이는 식이다. 그러나 문학작품이라도 사회, 경제, 정치 및 역사적인 사실이나 인물 등을 설명해야 하는 상황이면 어쩔 수 없이 각주를 사용한다.

나는 기획가로서 책을 소개할 때 늘 이 점을 유의한다. 너무 많은 각주를 요하는 작품은 번역을 힘들게 할 뿐만 아니라 프랑스어 텍스트를 아주 무겁게 만든다. 그래서 나는 작품을 선정할 때 너무 한국적인, 즉 설명을 요하는 한국적인 특수성이 지나치게 많이 담긴 소설은 되도록이면 피한다. 한국학 연구자와 같은 특정 소수의 독자층을 겨냥하는 고전이나 전문성이 담긴 작품들이 아니라 대중에게 읽히는 현대 작품을 소개하는 기획가의 입장에서는, 주제의 보편성을 스토리의 탄탄한 구성력과 문학적 퀄리티와 더불어 중요한 선정 기준의 하나로 꼽는다.

번역에서 또 하나의 난제는 원문과의 충실성 문제다. 원문에 아주 충실한 번역이 나을까 아니면 원문으로부터 좀 더 자유를 취한 번역이 나을까? 첫 번째는 직역이 될 우려가 있고 두 번째는 작가의 의도나 정신을 배반할 위험이 있다. 훌륭한 번역가란 이 두 극단의 함정에 빠지지 않을 줄 아는 사람이다. 이탈리아의 유명한 소설가 움베르토 에코는 말했다. 번역에서 충실성이란 단어와 단어가 아닌, 세계와 세계를 충실하게 옮기는 것이며, 번역가란 단어의 무게를 재는 사람이 아니라 영혼의 무게를 재는 사람이다, 라고. 내가 생각하는 좋은 번역이란 작가의 의도, 정신, 영혼을 배반하지 않는 한도 내에서 원문으로부터 최대한 자유를 취해 보다 매끄럽고 유려한 현지어 문

장으로 옮기는 것이다. 단어들에 집착하지 않고 문장이나
문맥의 뉘앙스를 보다 잘 살리는 번역이다.

기쁨과 실망감

최근에 어느 서점인과 서면 인터뷰를 한 적이 있다.
'문학은 당신에게 어떤 의미가 있으며 문학과 어떤 관계
를 유지하고 있는가'라는 질문에 나는 다음과 같이 대답
했다. 문학은 오늘의 내 삶에 아주 중요한 부분을 차지하
고 있고 이는 내일의 삶에도 마찬가지일 것이다. 왜냐하
면 내 하루가 대부분 문학을 중심으로 돌아가기 때문이
다. 번역하고 수없이 교정하고, 끝없이 독서하고, 소개할
작품들을 찾아 작가 소개와 시놉시스를 만들고, 현지 출
판사가 의뢰한 작품들의 독서 브리핑을 하고 그리고 남는
시간에 내 글을 쓰는 삶……. 심지어 나는 문학이 없는 삶
을 더 이상 상상할 수 없다고까지 말하고 싶다. 아침부터
저녁까지 동반하는 문학이야말로 진정 내 삶을 즐겁게 하
고 빛나게 한다.

물론 내가 여기서 말하는 문학은 한국문학이다. 한국

문학 기획가이자 번역가이니 당연한 일이다. 다만 한 가지 유감스러운 일은 거의 모든 시간을 한국문학에 할애하다 보니 내가 읽고 싶은 프랑스 및 다른 나라 작가들의 작품을 읽을 시간적 여유가 없다는 점이다. 읽는다 하더라도 중간에 그만두는 경우가 허다하다. 산책하면서 가끔씩 듣는, 한국어 번역본의 오디오북을 통해 해외 작가들의 작품을 겨우 접하는 정도다. 단, 프랑스 도서 시장의 경향성을 파악하기 위해서 『리브르 엡도Libres Hebdo』나 『서점인들의 페이지』와 같은 문학잡지에 소개되는 신간 서평들은 철저하게 읽는 편이다.

한때 교육학도를 꿈꾸었지만, 이렇게 한국문학의 열렬한 전파자가 된 것은 전적으로 내가 선택한 길이기에 교육학도의 길을 포기한 것을 결코 후회하지 않는다. 오히려 이 길이 교직보다 내 취향에 더 잘 맞는다는 생각이 들기도 한다.

한국문학 전도사로서 가장 큰 나의 기쁨은 소개한 작품이 프랑스 출판사의 출판 승낙을 얻었을 때, 그렇게 해서 번역한 책이 호평을 받고 그리 나쁘지 않은 판매 성적을 거두었을 때, 또는 드물긴 하지만 문학상 후보에 오르거나 문학상을 받았을 때다. 이러한 순간들은 아무도 알

아주지 않는 응달에서 묵묵히 작업해온 나의 수많은 시간들을 보상해주고도 남을 만큼 큰 즐거움을 선사한다. 이 외에도 출판사에서 자발적으로 번역 의뢰를 제의해왔을 때나 내가 번역한 작가들이 국제 도서전이나 한국문화 축제에 초대되어 여러 행사와 서점에서 열리는 독자와의 만남에 작가를 동반할 때도 내 일에 대한 자부심과 행복을 느낀다.

그러나 한국문학 전도사의 길이 늘 순탄하기만 한 것은 아니다. 양지가 있으면 반드시 음지가 있기 마련이듯, 기쁨이 있으면 그 이면에 감수해야 하는 불리한 조건이나 실망감이 따른다.

현재 2024년은 내가 번역가의 길에 처음 들어섰던 1990년대 말에 비해 프랑스에서 한국문학에 대한 인지도가 10배 이상 높아졌다. 그러나 일개 번역가로서 한국 도서를 소개하는 일이 그만큼 더 쉬워지지는 않았다. 영어권에서 주목을 받거나 또는 문학상을 받거나 그 후보작으로 오른 한국 작품들일 경우 프랑스 출판사들이 대개 쉽게 출판 결정을 내리지만 그렇지 않은 도서들에는 별로 눈길을 주지 않는다. 그렇기에 잘 알려지지 않은 작가들의 책을 소개하기란 여전히 힘들 수밖에 없다. 내가 기획을 담당하는 필립 피키에 출판사도 코로나 이후 연간 출간 종수를 상당히 줄인 상태라서 예전만큼 한국 도서를 많이 내지 못하는 처지이다. 따라서 한국 작품을 프랑스에 되도록 많이 소개하는 것이 목적이자 즐거움인 나는 다시 처음 시작하는 마음으로 피키에 출판사뿐만 아니라 그간 알아온 출판인들과 생판 모르는 새로운 출판사들에도 꾸준히 시놉시스와 번역 샘플을 보내본다. 이때 부정적인 답을 받거나 묵묵부답일 때 내가 느끼는 실망감은 어쩔 수 없다. 실망하고 또 실망하다가 드물게 좋은 소식이 있으면 그 기쁨은 배가하기 때문에 어쩌면 나는 매번 마시는 실패의 고배에도 불구하고 이 작업을 계속하고 있는지도 모른다.

아무리 하는 일을 사랑하고 열정이 있어도 그것으로 생활이 되지 않으면 계속하기 어렵다. 프리랜서 번역가로 산다는 것은 늘 경제적인 불안정을 감수해야 한다. 특히 한국문학 번역의 경우 번역거리가 늘 있는 것도 아닌데다, 번역료는 20년이 넘도록 제자리이거나 오히려 하락하는 경향이니(이에 대해서는 뒤에서 좀 더 언급하겠다), 번역가는 한 달 생활비 걱정으로 불안에 떨어야 하고 항상 일거리를 찾아 전전긍긍하는 상당히 열악한 조건에서 일하는 것이 현실이다. 심지어 번역가, 작가, 기획가로 일하는 나 역시 가끔은 이런 불안정한 상황을 피해갈 수 없음을 고백한다.

한국문학 번역가를
꿈꾸는 이들에게

가끔 대학에서 한국어를 전공하고 막 학업을 마쳤거나 아직 학생 신분인 젊은 프랑스 여성들의 인터뷰 요청을 받는다. 프랑스에서 공부하는 한국 여학생들의 전화도 드물게 받는다. 이들은 한결같이 한국문학을 사랑하고 한국문학 번역가가 되고 싶다면서, 어떻게 하면 되느냐고 묻는다.

나는 우선 그들에게 프랑스에는 한국문학 번역학과가 없으니 가능하다면 한국문학번역원 내에 있는 번역 아카데미에 입학하라고 권한다. 유능한 번역 전문가들에게 교육을 받는 것은 번역 능력 향상에도 많은 도움이 될 뿐만 아니라 앞으로 번역가가 되는 길에 대해서도 여러모로 유용한 정보를 얻을 수 있다는 생각에서다.

그런데 현실에서는 꼭 번역 전문 학교를 나온 사람만이 번역가가 되는 것은 아니다. 문학을 전공하지는 않았지만 유명한 작가가 된 이들도 있듯이, 내가 만난 여러 언어의 번역가들도 번역이 전공이 아니었다. 어떤 동기로 번역의 길로 들어선 건지는 모르지만 그들이 이 길을 계속 간다는 것은 출판계에서 번역 능력을 인정받았고 번역에 대한 열정이 있다는 것을 의미한다. 모든 예술 분야가 그러하듯, 문학번역 역시 열정으로 하는 작업이다. 이걸로 먹고살 수 있거나 적어도 최저 기본 생활을 할 수 있다면 전업 번역가로 거의 성공한 케이스라고 볼 수 있다. 돈을 벌어 경제적인 풍요를 누리고 싶다면 다른 직업을 선택하라고 권하고 싶다.

그런데 문제는 번역으로 생계를 유지하는 전업 번역가의 수는 손에 꼽을 정도이고 번역을 주 직업 외의 부수적 일로 하거나 아니면 투잡, 쓰리잡을 해야 하는 경우가 대부분이다. 번역 건이 다른 언어권에 비해 월등히 적은 한국문학 번역의 경우 이 열악한 상황은 더 말할 필요도 없다. 앞에서도 잠깐 언급했지만, 인플레이션이다 뭐다 해서 모든 물가가 엄청나게 올랐는데도 불구하고 현지에서의 번역료는 20년 전이나 지금이나 별 차이가 없다. 번

역료를 올리기는커녕 오히려 번역가 저작료를(프랑스에서
는 첫 판매 부수부터 보통 번역가 저작료를 2퍼센트로 계산해, 선인세
를 제하고 번역가에게 지불한다. 번역료를 지원받은 한국 작품일 경
우 선인세를 제하지 않고 첫 판매 부수부터 인세를 받을 수 있다) 내
리는 출판사도 있다.

설상가상으로 몇 년 전부터 한국문학의 해외 수출이
활성화되다 보니 정책 방향이 좀 더 많은 작품을 지원하
기 위한 쪽으로 나아가는 한국 재단들이 건수 당 지원금
을 대폭 줄이게 되면서 현지 번역료를 커버하지 못하는
경우가 종종 있다. 또한 번역가가 특별히 요구하지 않으
면 지원금이 출판사 구좌로 들어가게 되고 그러면 번역가
는 번역 인세조차 받을 가능성이 희박하다. 번역의 세계
에 갓 발을 들여놓은 초보자나 이미 번역 경험이 상당히
있는 이들도 드문드문 있는 번역 일거리를 따내는 데 급
급한 약자의 입장에 있다 보니 이러한 조건들을 굳이 따
지지 않고 그저 출판사가 제의하는 조건들을 수동적으로
수용하는 경우가 대부분이다. 따라서 한국 재단의 지원금
이 현지 번역료로 계산했을 때 작품에 따라 2000~3000유
로 이상이 부족해도 묵묵히 수용할 따름이다.

얼마 전 한국 작가와 독자 들의 만남 행사에서 웹툰을

번역하는 한 젊은 프랑스 여성과 이야기를 나누었다. 그녀는 그 분야에서는 번역료가 페이지당도 아니고 거의 노동 착취 수준인 도급제로 지불하는 데다가 최근 판매가 저조해 그 가격조차 더 떨어진 상태라고 하면서 울상을 지었다. 일전에 나는 어느 출판사에서 의뢰한 그래픽노블의 번역 테스트를 한 적이 있는데 경쟁자 팀이 제시한 번역료가 나의 제시 금액의 거의 절반이라 엄두도 못 내고 포기한 경험이 있다. 번역해야 할 텍스트가 상당한데 어떻게 그 가격에? 라며 아연실색했었다.

내가 여기서 말하고 싶은 것은 이렇게 열악한 조건을 개선하고 향상시키는 것은 결국 번역가들 자신에게 달렸다는 것이다. 하루 종일 단어와 씨름하는 번역 작업은 거의 중노동이나 마찬가지다. 아무리 좋아서 하는 일이라도 노동에 대한 정당한 대가는 받아야 한다고 생각한다. 따라서 20년 넘게 한국문학 번역계에 몸담아오고 있는 나는 이를 위해 나름대로 노력해왔다고 자부한다. 위에서 언급한 바 있는 번역 지원금을 출판사 구좌가 아닌 번역가에게 바로 지급해야 하는 이유를 번역원에 누누이 설명하고 강조해서 한동안 그렇게 시행되었다. 그러나 최근에 또 정책이 바뀌어 번역가가 굳이 요구하지 않으면 현지 출판사가 지원금을 받을 수 있게 되어 있고, 이를 번역가에게 주고 번역서 인세 계산 때 마치 출판사가 번역료를 지불한 것처럼 이를 제한다. 왜 번역원은 야자인 번역가의 이익을 대변하지 않고 현지 출판사에 좋은 일만 시키는 건지! 이런 부당한 현실을 보면 정말이지 한숨이 절로 나온다. 하루 빨리 개선되어야 할 일이다.

나는 또 건수당 대폭 줄어든 번역 지원금과 현지 번역료와의 차이가 있을 시 출판사가 이 차액을 번역가에게 지불한다는 문구를 번역 계약서에 명시하게 하고 번역원에도 지원 사이트에 이 문구를 명시해달라고 누누이 부탁한 결과 현재 시행되고 있는 중이다. 그리고 주변의 친구 번역가들에게도 번역 계약 시 지금까지 해온 대로 수동적인 입장만 취할 게 아니라 이런 점들을 염두에 두어야 하고 또한 자신이 원하는 번역료를 위해 출판사와 최대한 협상해야 한다고 말한다. 우리 모두가 노동에 대한 정당한 대가를 요구하는 전문가의 입장을 취할 때만이 번역가의 열악한 환경을 개선할 수 있다고 강조한다.

한국문학 번역계의 현실에 대한 이러한 정보가 미래의 젊은 번역가들에게도 많은 도움이 되길 바란다.

한국문학 번역가가 되고 싶은 이들에게 또 한 가지 바

라고 싶은 것은 영어권 및 기타 더 잘 알려진 언어권 번역가에 비해 추가적인 안목과 노력이 필요하다는 점이다. 즉 프랑스와 한국, 두 나라의 도서 시장을 늘 꿰뚫고 있어야 한다. 왜냐면 한국어가 희귀어에 속한 만큼 한국어를 읽지 못하는 프랑스 출판인들이 한국 작품의 퀄리티를 판단해서 출판 결정을 내리는 일은 거의 불가능하므로 여기에 번역가가 중요한 역할을 할 수 있기 때문이다. 번역가가 프랑스 독자층의 주목을 끌 수 있는 한국 작품들을 찾아내 시놉시스, 작가 소개, 샘플 등을 준비해서 프랑스 출판사에 보내보는 것이다. 나는 이러한 작업을 처음 번역을 시작했을 때부터 지금까지 꾸준히 해오고 있다. 다시 말해, 한국문학 번역가는 일반적으로 출판사가 선정해서 의뢰해오는 작품들을 주로 번역하는 타 언어권 번역가들보다 좀 더 능동적이고 다이나믹하게 움직일 필요가 있다. 그런 점에서 한국문학 번역가가 되는 길은 훨씬 더 험난하다고 할 수 있겠다. 그러나 내 생각엔 두 나라 언어에 통달하는 것 이외에도 이런 자질과 역동성을 갖춘 미래 번역가라면 일거리가 드문 한국문학 번역계에서 그렇지 못한 이보다 좀 더 쉽게 길을 개척하고 오래 살아남을 수 있지 않을까, 라는 생각이 든다.

나는 번역 작업을 하면서 남는 시간이면 틈틈이 글을
· 쓰는 것을 좋아했다. 아동소설도 창작해보고 한국의 전래
동화들을 나름의 방식으로 재해석해서 써보기도 했다. 언
젠가 프랑스에서 출간할 수 있기를 희망하면서 프랑스어
로 썼다. 그중 몇몇 텍스트는 여기저기 알고 지내는 프랑
스 지인들에게 교정을 받은 후 여러 출판사에 냈지만 묵
묵부답이거나 부정적인 답만 돌아왔다. 글을 쓰는 것까지
는 자유지만 그 원고가 한 출판사에 채택되어 출간에 성
공한다는 것은 나의 의지와는 별개의 문제이고 그것이 얼
마나 지난한 일인가를 그때 뼈저리게 느꼈다.

부정적인 답을 받을 때마다 실망감이 컸으나 그래도
좌절하지 않고 꾸준히 새로운 출판사를 찾았다. 글은 계
속해서 썼지만 출판은 하지 못한 채 여러 해를 보내고 있
다가 나는 드디어 좋은 인연을 만났다. 그것은 다름 아닌
프랑스에서 찬옥 출판사를 창립한 한국계 입양인 엘렌 샤
르보니에Hélène Charbonier와의 만남이었다. 앞에서도 잠깐
언급했지만, 찬옥 출판사는 한국의 전래동화와 현대의 그
림 동화 등 한국 아동 작품만을 전문으로 하는 아동문학

출판사로서 그녀가 내게 번역을 의뢰해와서 우리는 자연스럽게 알게 되었다. 나 역시 한국 동화를 쓰고 있다고 하니 상당한 관심을 보이며 원고를 자기에게 보내보라고 했다. 그래서 첫 원고로『토끼와 용왕 Le lièvre et le roi dragon』을 보냈더니 흔쾌히 출판하겠다는 답이 왔다.

그 소식은 또 하나의 커다란 기쁨이었고 내게 작가의 길을 열어준 첫 관문이었다. 찬옥 출판사는 내 텍스트의 삽화를 한국의 박철민 작가에게 맡겼는데, 책이 나오기까지는 거의 3년이 걸렸다. 그것은 찬옥 출판사가 창립한 지 2년 만에 재정적인 문제에 부닥쳐 2008년에 큰 출판 그룹인 플라마리옹 출판사의 레이블로 들어가게 된 우여곡절이 있었기 때문이었다. 이후 찬옥 출판사는 연간 10권 이상의 한국 그림 동화들을 출간해냈고 그 대부분의 번역을 나와 내 공역자가 맡아서 했다.

그렇게 함께 일하던 어느 날, 나는 엘렌과 플라마리옹 출판 그룹의 아동문학 총책임자의 점심 초대를 받았는데, 식사를 함께하면서 우리는 찬옥 출판사가 앞으로 낼 창작물에 대해 논의했고 그때 두 분이 나를 점심에 초대한 이유를 밝혔다. 그것은 다름 아닌 한국과 프랑스의 문화 차이를 테마로 다루는 작품을 한번 써보자 제의하기 위해서였다. 그 소리를 듣자마자 머릿속에 아이디어들이 풍성하게 떠올랐고 나는 흔쾌히 승낙했다. 그렇게 탄생한 것이 여섯 권짜리의 진주 시리즈였다. 부모님을 따라 막 프랑스에 도착한 만 5세의 한국인 여자아이 '진주'를 주인공으로 내세운 진주 시리즈는 한국식으로 인사하는 법, 프랑스 학교 식당에서의 식사법과 음식, 한국식 잠자는 방식, 한국 음식, 진주의 째진 눈, 프랑스식 크리스마스 등 총 여섯 개의 테마로 구성하여 진주가 프랑스 문화를 발견하고 또 프랑스 아이들에게 한국 문화를 소개하는 과정을 썼고, 플라마리옹 출판사가 선정한 재기 발랄한 삽화가 아멜리 그로Amélie Gros의 깜찍한 그림과 함께 출간되었다. 이 여섯 작품 역시 프랑스의 유치원 및 초등학교 그리고 작은 도서전 들에 초대되는 즐거움을 내게 선사했다.

한번은 파리 근교의 몽모랑시라는 도시의 시립도서관에서 나를 초청했다. 이곳의 도서관 사서는 진주 시리즈를 반 아이들과 공부한 세 곳의 초등학교 1학년 담임선생님들과 협력해 아침나절에 한 반, 오후에 두 반 아이들을 도서관으로 오게 해서 작가와의 만남을 주관했다. 나는 이 시리즈로 초청받아 갈 때면 언제나 멋진 한복을 입고 교실에 들어갔는데, 그날도 내가 한복을 입고 아이들

앞에 나타나자 다른 데서와 마찬가지로 모두들 입을 벌리고 "와! 아름답다"라고 감탄사를 연발했다. 내 소개를 하고 작품에 대해서 이야기를 시작하자 아이들의 눈은 호기심으로 반짝거렸고 내가 질문을 하기가 무섭게 하나같이 손을 번쩍 들고 서로 대답하려고 다투었다. 그것은 선생님과 아이들이 얼마나 나의 작품을 열심히 공부했는지를 여실히 보여주는 것이었다. 어떤 아이들은 텍스트를 거의 외우다시피 해서 자청해 일어나서 문장들을 암송하기도 했다.

만남의 시간이 끝나고 헤어질 무렵, 아주 귀여운 남자아이 하나가 다른 아이들과 함께 출구로 가는 대신에 갑자기 내게로 다가와 한복 치맛자락을 잡으며 자기는 집에 가지 않을 거며 나를 따라가겠다고 떼를 쓰듯 해서 주변의 모든 사람들을 웃게 만들었다. 담임선생님이 작가 아줌마 집은 멀고 만일 따라가면 엄마 아빠도 얼마간 못 볼텐데……라며 한참 설득하고 달랜 후에야 아이는 겨우 치맛자락을 놓고 선생님을 따라 나갔는데, 나가면서도 몇 번이나 아쉽다는 듯 돌아보았다. 나는 그런 그가 너무도 귀여워 오래오래 손을 흔들어주었다.

이 시리즈물은 한국과 스페인에도 번역·소개되었다.

엘렌은 또 내게 한국 전래동화인 젊어지는 샘물, 콩쥐와 팥쥐, 바보 온달 등의 이야기를 재창작해보라고 건의했다. 찬옥-플라마리옹 출판사의 이러한 제의는 나의 창작 열정에 불을 댕겼다. 오후 산책 시간이나 일요일 수영을 할 때면 머리로는 늘 작품 구상을 했고, 저녁이면 이를 글로 정리해 보는 것이 즐거웠다.

작가라서 행복한 나날들

나의 첫 작품인 『토끼와 용왕』이 2010년에 빛을 보았고, 이를 출발점으로 같은 해에 진주 시리즈의 첫 두 권이 나왔는데, 아쉽게도 나는 엘렌과 오래 작업을 함께하지 못했다. 2010년, 그러니까 합류한 지 거의 2년 만에 아마도 소속 그룹과의 갈등 때문인지 엘렌은 찬옥 출판사를 떠나야만 했다. 한창 글쓰기에 재미를 붙이고 있던 내게 이 소식은 큰 실망으로 다가왔다. 그녀와 계획한 모든 프로젝트들이 수포로 돌아가는 게 아닌가 싶었다. 계속 구상하고 있던 진주 시리즈, 전래동화 재창작, 작품 번역 계획…… 이 모든 것들이 물거품이 되는 것 같아 속을 태웠다. 그래서 나는 플라마리옹 출판사에 메일을 썼다. 엘렌의 사임을 유감스럽게 생각하며, 그럼에도 찬옥 레이블은 계속 이어 가기를 진심으로 바란다고. 내가 도울 수 있는 한 최대한 돕겠다고.

그렇게 전전긍긍하며 지내던 어느 날, 플라마리옹 그룹 내의 아동문학 책임자인 베네딕트의 전화를 받았다. 그룹의 CEO와의 면담을 막 끝내고 나왔다면서, 찬옥 컬렉션은 계속 이어 가기로 결정했으니 너무 걱정하지 말라고 했다. 엘렌과 구상했던 모든 프로젝트들도 그대로 실행할 예정이니 나와의 협력이 필요하다고도 했다. 이후 베네딕트가 한국문학에 계속 관심을 가지고 찬옥 출판사의 컬렉션들을 맡아 이끌어나가게 되었고, 2011년부터 2012년까지 나는 『기적의 샘물La fontaine aux miracles』과 진주 시리즈의 나머지 네 권을 연달아 찬옥-플라마리옹 출판사에서 내게 되었다. 그런데 2013년, 『콩쥐, 또 다른 신데렐라Kongjwi, l'autre Cendrillon』는 베네딕트의 권유로 찬옥 출판사가 아닌 플라마리옹 그룹 내의 아동문학 컬렉션인 뻬르 카스토르Père Castor에서 출간되었다. 명성이 있는 뻬르 카스토르 컬렉션에서 내는 것이 판매 부수에 도움이 된다는 그녀의 견해였다. 역시 전문가의 의견이 맞았다.

이 작품은 찬옥에서 나온 다른 작품보다 판매율이 훨씬 높았고 한국과 튀르키예에도 번역 소개되었다.

같은 해에 이중언어를 전문으로 내는 한 출판사에서 연락이 와서 내가 쓴 옛 구전동화 세 편을 모아 『용녀La femme-dragon』라는 타이틀로 한-프랑스판을 내기도 했다.

이렇게 나의 창작품을 꾸준히 내는 동시에 나는 찬옥 레이블에서 출간하는 한국 아동소설 및 그림 동화 번역 작업도 게을리하지 않았다. 베네딕트의 부탁으로 그녀가 작품 선정을 할 수 있도록 한국 작품들의 독서 브리핑도 열심히 해주면서.

플라마리옹에서는 찬옥 레이블의 범위를 아시아 문학으로 확장시켜 계속 키워보려는 의지가 컸다. 베네딕트는 한국뿐만 아니라 중국 도서전을 다녀오거나 미국의 한국계 작가의 작품에도 관심을 가지고 출간해냈다. 그러나 애석하게도 이러한 여러 시도와 노력에도 불구하고 상업적 성과가 기대치에 미치지 못하게 되니 자연적으로 찬옥 레이블에 대한 흥미를 잃어갔고, 2014년부터는 이 컬렉션에서의 작품 출간이 거의 중단되고 말았다.

찬옥 출판사가 더 오래 지속되지 못하고 문을 닫은 건 나에게도, 한국문학을 위해서도 참으로 안타까운 일이 아닐 수 없었다. 그러나 2010년에서 2013년까지, 약 4년간 그 출판사와 함께한 나의 아름다운 모험은 영원히 가슴속에 살아 있을 것이다. 앞에서도 예를 들었듯이, 나의 작품이 처음 출간된 2010년부터 이후 몇 년간 번역 작품이 아닌 내가 쓴 작품으로 여러 도서전 및 초등학교에 초청받아 꼬마 학생들과 즐거운 시간을 보냈다는 점에서 이 시기는 내게 색다른 의미가 있었다. 한마디로 작가로서의 삶에서 최전성기를 누린 시기라고 할 수 있겠다.

찬옥 출판사의 활동 중지와 더불어 나의 작품 활동도 주춤하게 되었다. 게다가 번역 일거리도 점차 늘어나게 되어 글쓰기 작업에 거의 손을 놓고 있었다. 그러던 어느 날 한국에서 날아온 아주 흥미로운 메일을 받았다. 거제도 조선소 사업에 관여한 여러 프랑스 회사 지사들의 직원 자녀들을 위해 옥포에 세운 프랑스 학교에서였다. 그들은 진주 시리즈를 쓴 나와 이 작품의 삽화가인 아멜리를 2016년 2월에 각각 일주일간 초청하고 싶다고 제의해 왔다. 2016년 3월에는 파리 국제 도서전에서 한국이 처음으로 주빈국으로 초청되었기에 이 중요한 행사 조직을 위해 한국에서 사전에 만나야 할 작가도 있고 해서 겸사겸사 잘 되었다는 심정으로 비행기에 올랐다.

거제도에 도착한 나는 일주일간 고급 호텔에 머물면서 학교까지 걸어서 출퇴근했다. 이 학교는 유치원에서 고등학교 1학년까지 있었는데, 나는 학교에서 이미 구입해놓은 진주 시리즈 여섯 권과 콩쥐 이야기를 가지고 4~5세 아동은 물론 고등학생들과도 이야기를 나누었다. 나의 방문은 선생님과 학생 모두에게 대환영이었다.

이때 가장 인상 깊게 남은 것은 초등학교 4~5학년을 담당한 한 부부 교사의 교육에 대한 뜨거운 열정이었다. 우리의 초청 건도 아마 그 부부 교사의 아이디어라고 생각된다. 그들은 나의 작품들에 대해서 학생들과 열심히 공부했고, 그래서인지 내가 교실에 들어섰을 때 학생들은 질문할 만반의 태세를 갖추고 호기심으로 눈을 반짝이고 있었다. 프랑스 학교 순례를 통해서 얻은 경험에 따르면, 일반적으로 이런 분위기에서 시작한 학생들과의 대화는 늘 즐거웠는데 그날도 예외는 아니었다. 학생들의 질문 중의 하나가 어떻게 해서 작가가 되었는지 궁금하다는 것이었는데, 그 질문을 받는 순간 머리에 바로 떠오르는 사람이 있었으니 다름 아닌 나의 할머니였다. 그래서 나는 입담 좋고 이야기꾼인 할머니에 대해 잠깐 이야기해주었다. 그랬다. 내가 독서를 즐기고 동화를 읽고 쓰는 걸 좋아하게 된 것은 순전히 할머니 덕분이었다.

　나의 할머니는 20세기 초에 태어나 일제강점기와 한국전쟁을 겪고 평생 가난에서 벗어나지 못한, 그야말로 파란만장한 삶을 살아온 불굴의 의지를 지닌 강한 여인이셨다. 작고 아담한 할머니는 키가 8척이나 되는 할아버지와 결혼해서 열두 명의 아이들을 낳았다. 그러나 열 명을 모두 어린 나이에 잃었고 겨우 두 명만 살아남았는데, 그게 나의 아버지와 고모였다. 당시에는 이렇다 할 약도 없었고 또 있었다 하더라도 가난한 살림에 구할 수도 없었으니, 아이들은 병에 걸렸다 하면 살아남기 힘든 시절이었다. 할머니는 가끔 회한에 찬 목소리로 말씀하시곤 했다. "그때 일본 신사가 아이 둘을 일본에 데리고 가서 키우겠다고 달라고 할 때 줬으면 지금쯤 어디선가 살아는 있을 텐데……."

　할아버지는 할머니에게 빚만 잔뜩 남겨놓고 젊은 나이에 돌아가셨다. 할머니는 이 빚을 갚기 위해 그리고 먹고살기 위해 방방곡곡을 돌아다니며 방물장수를 하셨다. 가냘픈 여인의 몸으로 무거운 짐을 이고 지고 이 마을 저 마을을 떠돌았으니 그 육체적인 고통이야 이루 말로 다

표현할 수 없겠지만 무엇보다 그녀의 가장 큰 괴로움은 사람들의 냉대와 무시 그리고 특히 남정네들의 노골적인 추파였다. 심지어 강간을 당할 뻔한 적도 여러 번 있었다고 했다. 그런 험한 세상을 겪으면서 할머니는 더욱 강하고 거친 여인이 되어갔다. 이곳저곳에서 욕이란 욕은 다 배워서 누구라도 조금만 시비를 걸라 치면 온갖 거친 욕을 서슴없이 내뱉었기 때문에 사람들은 학을 떼고 달아나기 일쑤였다. 그렇게 그녀는 욕쟁이라는 별명을 얻었는데, 이것은 거친 세파를 여자 혼자서 살아내기 위한 하나의 생존 수단이었고, 특히 뭔가 수작을 걸어보려던 남정네들을 물리치는 데 아주 효과적이었다. 내가 어느 정도 커서 동네 길가에서 할머니를 아는 어른들을 만나면 항상 "너그 욕쟁이 할망구 잘 계시냐?"라고 인사치레로 물어보곤 했다. 할머니는 마을에서 소문난 욕쟁이 할망구였던 것이다.

할머니는 방물장수 경력에서 욕만 배운 것은 아니었다. 이 고장 저 고장에서 떠도는 온갖 야담이나 전설 및 전래 동화들도 주워들은 바 있어서 할머니의 이야기보따리는 늘 풍성했다. 글을 읽고 쓸 줄 모르는 할머니가 조웅전, 옹고집전, 장화홍련전, 심청전……, 한국의 여러 고전 동화들을 꿰차고 있었던 것은 순전히 방방곡곡을 전전해야 했던 그녀의 생업 덕분이었다. 그리고 그녀의 입담은 너무도 훌륭했다.

긴긴 겨울밤, 오빠와 나 그리고 동생들은 할머니의 양쪽 따뜻한 방바닥에 등을 대고 누워 밤이 깊어가는 줄도 모르고 할머니의 구성진 이야기에 귀를 쫑긋하며 듣곤 했다. 할머니는 그냥 이야기만 하는 것이 아니라 중간중간에 이야기들을 노래로도 불렀는데 당시에는 몰랐지만, 지금 생각하면 그게 판소리가 아니었던가 싶다. 특히 심청전을 이야기할 때, 심봉사가 아기를 안고 젖동냥 다니는 부분, 심봉사가 딸을 마중 나갔다가 물에 빠지는 장면, 왕궁에서 하는 봉사 잔치에서 심청이 아버지를 만나는 극적인 장면들을 마치 눈앞에 선히 보이는 것처럼 얼마나 구성지게 노래로 읊는지 우리는 이야기 삼매경에 빠져 계속계속 해달라고 졸라댔다. 같은 이야기를 아무리 반복해서 들어도 결코 지루하지 않았다. 그러면 할머니는 신이 나서 잠자리에서 일어나 앉아 몸짓까지 하시면서 노래를 다시 부르곤 했다.

그렇게 긴긴 겨울밤은 익어갔고, 우리는 할머니의 구수한 이야기를 들으면서 곤한 잠에 빠져들곤 했다.

아무튼 거세도 옥포 프랑스 학교의 초청 건은 내게 새로운 영감과 쓰고 싶은 충동을 다시 불러일으켰다. 글을 쓰고자 하는 욕구가 완전히 사라진 것이 아니라 내면의 어딘가에서 수면 상태에 있었을 뿐이었던 모양이다. 그래서 나는 또 여러 작품을 썼고, 그중 진주 시리즈의 맥락을 이어서 여전히 한국과 프랑스의 문화적인 차이를 테마로 창작한 4권짜리 단비 시리즈를 구상했다. 리옹의 한 작은 출판사에서 단비 시리즈의 그 첫 권이 프랑스어와 영어의 이중언어로 2021년 5월에 빛을 보았다.

창작 의욕이 예전만큼은 못하지만 그 불씨가 내 가슴 속에 살아 있는 한 아마도 나는 계속해서 글을 쓸 것이다. 프랑스어로든 모국어로든. 출판되면 좋지만 안 되어도 상관없다는 좀 더 느긋한 마음으로. 이 생에서 작가가 되는 꿈은 틀렸다고 생각했었는데 찬옥 출판사와의 좋은 인연으로 인해 비록 무명이긴 하지만 그래도 작가로서의 행복한 삶을 누렸으니 그것으로도 이미 충만하고 감사해야 할 일이다.

그리고 찬옥-플라마리옹 출판사와 함께하면서 이루어놓은 작업 덕분에 나는 지금도 작은 도서전이나 한국의 추석 행사 또는 한국 문화 행사들에 초청받아 책 사인회

를 하고 한국문학 및 문화에 관심 있는 독자들과 이야기
를 나누는 즐거움을 누리고 있다.

나의 아늑한 보금자리와
번역가의 일상

현재 나는 파리의 남쪽 한 근교 도시에 있는 조그마한
아파트에 산다. 아침이면 새소리에 잠이 깨고 조금만 걸
으면 아름다운 연못과 시야가 확 트이는 푸른 공원에 닿
을 수 있는 조용하고 평화로운 곳에 자리한 이 보금자리
를 무척 사랑한다.

이 집을 고르기 전에 남편과 나는 무수히 발품을 팔아
백여 개 이상의 아파트들을 보러 다녔다. 빠듯한 예산으
로 건물 수준과 아파트 크기, 지리적인 위치 등 모든 면에
서 입에 맞는 떡을 찾으려고 하니 무척 힘들었다. 마침 꽤
괜찮은 건물에 내부 인테리어를 완전히 새로 해야 해서
시장 가격보다 훨씬 저렴하게 살 수 있는 아파트 한 채를
발견해 간신히 구입했다. 이후 남편은 주말마다 내부 인
테리어 작업을 했고, 거의 8년 만에 적재적소에 맞는 가구

구입까지 완전한 공사를 마칠 수 있었다. 그러나 그렇게 온갖 정성을 쏟아부어 꾸민 아파트인데 정작 본인은 얼마 누리지도 못하고 떠나야만 했고 결국 내가 그 아늑한 공간을 독차지하게 되었다.

가끔 한가한 주말이면 친구들을 초청해서 나의 주특기 요리 메뉴인 해물 불고기를 맛있는 포도주와 함께 먹고 마시면서 수다 떠는 시간을 즐긴다. 나의 레시피의 중점은 오징어, 연어, 참치, 황새치, 생대구나 기타 흰살 생선, 가리비, 새우 등 여러 가지 생선을 섞고 거기에다 약간의 닭고기나 돼지고기를 넣어 전골 맛을 내는 데 있다. 양념 소스로는 마늘과 생강을 필수로 불고기 양념과 돼지불고기 양념의 중간쯤으로 해서 반나절이나 하루 정도 재워 두었다가 갖가지 채소와 함께 불판에 구워 먹는다. 이 요리는 한국 사람도 좋아하지만 프랑스 사람들이 특히 좋아하는 음식이다. 남편과 그의 여자 친구도 내가 초청하는 이들에 포함된다. 이제 더 이상 이 아늑한 보금자리의 주인이 아닌 손님으로. 내가 소개하고 번역한 한국 작가들이 프랑스에 올 경우, 시간이 허용하는 한 우리 집에 초청해서 맛있는 음식과 포도주를 대접하는 것 역시 내 즐거움 중 하나다. 기타 한국에서나 다른 나라들에서 오는 내 친구들에게도 이 아늑한 공간은 반드시 거쳐 가야 하는 필수적인 장소가 되었다.

나의 하루는 아침에 일어나자마자 약 1시간가량의 스트레칭과 필라테스로 시작한다. 이렇게 표현하니 뭐 대단한 스포츠 우먼 같은데, 사실은 인터넷에서 몇 가지 운동법을 배워서 잠도 깨우고 근육도 풀 겸 이리저리 몸을 움직이는 정도다. 그리고 1차 아침으로 요거트와 과일을 먹으면서 메일과 온라인 『리브르 엡도』 등을 체크한다. 1차 아침 식사가 끝나면 인근 연못을 30분간 한 바퀴 도는 조깅을 한다. 약 9시 반부터 본격적인 번역 작업에 들어가는데, 11시는 나의 하루 중 가장 행복한 순간이다. 다름 아닌 고소한 치즈 한 조각과 버터와 잼을 바른 식빵 하나를 달콤한 한국 커피믹스와 함께 먹는 2차 아침 식사 시간이다. 접시를 옆에 놓고 일하면서 조금씩 아껴 먹는 그 맛, 그 순간의 행복감이란 정말로 이루 말할 수 없다. 아침에 일어나면 가장 먼저 기다려지는 게 바로 이 시간일 정도니까.

어찌 보면 너무도 하찮고 사소한 일상의 일부인데 그 순간이 왜 그토록 내게 행복으로 다가오는지 알다가도 모를 일이다. 그리고 보면, 행복은 결코 멀리 있는 것도 아니요, 거창한 것에서 찾는 것도 아니라는 말이 절감된다. 행복은 도처에 널려 있는데 그것을 보고 느낄 줄 아는 것은 각자의 몫에 달려 있지 않겠는가.

번역은 점심시간인 1시까지 지속되고, 1시간 휴식 후 오후 2시에 재개된다. 열정을 가지고 끊임없이 단어를 찾고 문장을 만들었다가 지우고 다시 만드는 작업을 하는 만큼 나는 시간의 흐름을 의식하지 못한다. 어깨와 허리가 뻐근하게 아파 와서 시계를 보면 벌써 오후 5시, 서서히 산책을 나갈 시간이다. 겨울에는 해가 빨리 져서 좀 더 일찍 나가기도 하지만.

집 근처에는 넓디넓은 쏘 공원, 작은 오솔길로 가득한 앙리셸리에 공원, 몇백 년 묵은 나무들과 봄이면 목련과 철쭉이 만발하는 식목원, 그 근처에 있는 샤토브리앙 작가의 집 등 쾌적한 산책길들이 많아서 나는 매일매일 산책로를 바꾸어가면서 걷는 것을 좋아한다. 모르는 주택가를 거닐며 웅장하고 그림 같은 집들을 눈요기하는 것도 쏠쏠한 재미다. 또한 걸으면서 작품 구상도 하고, 오디오북이나 법륜스님의 유튜브를 듣기도 하고 친구들과 전화로 수다를 떨기도 하고……. 가끔은 급하지 않는 전화 인터뷰도 이 시간에 약속을 잡는다. 이렇게 매일 하루 1시간 내지 2시간, 비가 오나 눈이 오나 빠짐없이 이어지는 이 산책 역시 나를 행복하게 만든다. 언젠가부터 나는 더 이상 자동차로 시장을 보지 않는 습관을 들였다. 아주 장거리가 아닌 이상 모든 걸 걸어서 해결한다. 시장 역시 산책하고 돌아오는 길에 종종 슈퍼에 들러 조금씩 봐 오는 편이다.

그리고 번역 작업은 주로 저녁 식사 직전까지 이어진다. 나는 대개 저녁 8시 뉴스를 보며 밥을 먹고, 가끔 흥미로운 영화가 있으면 보기도 하지만 대부분의 저녁 시간은 독서에 할애한다. 읽어야 할 작품들이 늘 쌓여 있기에 독서 시간은 항상 부족하다. 따라서 지하철이나 병원 대기실이나, 앉아서 기다려야 하는 곳이면 무조건 독서를 하는 것이 습관이 되었다.

읽고 쓰고 번역하고 소개하는 삶, 젊은 시절의 꿈과는 완전히 다른 삶을 살아가고 있지만 나는 현재의 이 삶에 100퍼센트 만족하고 걸어온 길에 뿌듯한 자부심도 느낀다. 시골 바닷가 마을의 가난한 집 맏딸로 태어나 자칫 '봉순이 언니'의 길을 걸을 뻔했던 내가 파리까지 와서 이렇게 원하고 좋아하는 일을 하면서 평화롭고 행복하게 살고 있으니 말이다.

혼자만의 시간,
그리고 친구들과의 시간

나는 아주 절대적인 예외를 제외하고는 일요일에 외부 약속을 잡지 않는다. 나만의 평온한 즐거움을 온전히 누리기 위해서. 일요일 아침에 일어나면 평소처럼 스트레칭을 하고 아침 식사 후 소개할 작품을 찾거나 글을 쓴다. 10시 반쯤 수영복을 챙겨서 수영장에 간다. 약 1시간 반 동안 수영을 하면서 아침에 쓰다가 만 글의 다음을 상상하거나 또는 새로운 작품 구상을 한다. 그러다 보면 몸의 피곤함을 느낄 새도 없이 어느덧 시간이 훌쩍 지나간다.

모든 게 습관 들이기 나름이라고, 처음 수영을 시작했을 때는 5분도 채 안 되어 숨이 가쁘고 몸이 피곤했는데, 일요일이면 무조건 수영장을 드나들려는 노력과 함께 차츰 수영 시간도 늘어갔다. 거의 15년을 넘게 다닌 지금은 이력이 생겨서 2시간도 쉬지 않고 25미터 레일을 왕복할 수 있게 되었고, 여행이나 출장 등으로 일요일의 수영을 놓치면 몸이 근질거릴 정도다.

수영을 마치고 집으로 돌아오는 길목에 아침부터 오후 1시까지 열리는 꽤 큰 재래시장이 있는데, 나는 살 것이 있거나 없거나 무조건 차를 세운다. 시장을 산책하는 즐거움 역시 수영의 즐거움 못지않기 때문이다. 인생사의 온갖 잡동사니들이 양쪽으로 즐비하게 늘어선 사잇길을 걸으며 슈퍼보다 싼 물건들이 있으면 덥석 사기도 하고 옷가게들을 기웃거리다가 디자인과 색깔이 마음에 드는 값싼 옷들을 가끔 사기도 한다. 그러나 뭐니 뭐니 해도 내가 시장에서 가장 많이 사는 것은 싱싱한 해물이다. 손님 초대할 때 주로 준비하는 해물 불고기에 쓰이는 재료들은 거의가 이 시장에서 온다. 나는 여러 종류의 생선과 오징어 등을 사서 직접 손질하고 토막 내어 냉동실에 넣어 두었다가 필요할 때마다 꺼내 사용한다. 시장에서 돌아와 점심 먹고 샤워하고 나면 거의 오후 4시가 되는데 그때부터는 글을 쓰거나 독서를 한다. 나는 혼자서 누리는 이 평온한 시간을 사랑한다.

그러나 혼자의 시간이 필요한 만큼이나 친구들과 함께하는 시간 또한 내게는 절실하고, 사랑한다. 번역가의 일이라는 게 주로 홀로 하는 고독한 작업이라서 그렇기도 하지만 어릴 적부터 친구들과 모여 노는 걸 워낙 좋아하는 내 성격 때문이기도 하다. 나는 일할 때는 집중해서 하고 놀 때는 신나게 즐기자는 주의다. 모이면 정치나 사회적인 문제들에 대해 논의하기도 하지만 이보다는 유머와 농담으로 희희낙락하거나 가라오케를 하면서 노래하고 춤추는 걸 훨씬 더 좋아한다. 그러기 위해서는 마음이 통하는 친구들이 주변에 있어야 한다.

30년 이상 프랑스에서 살아와 프랑스인 친구나 다른 국적의 친구들도 있지만, 가장 규칙적으로 만나는 친구들은 그래도 한국인이다. 나는 몇 년 전부터 파리와 파리 근교에 사는 10여 명의 한국 친구들과 돈독한 우정을 나누며 지내고 있다. 단체 카톡을 만들어 수다도 떨고, 좋은 글이나 유용한 정보 및 유튜브도 교환하고, 몇몇이 함께 영화를 보고 식당에 가거나 여행을 가기도 하고, 여행 사진이나 모여 놀면서 찍은 사진도 공유한다. 모두가 오십대와 육십대의 여성들인데, 이중에는 남편 및 아이들과 살고 있는 이들도 있고, 별거, 이혼, 졸혼, 사별 등의 이유로 혼자 지내는 이들도 있다. 자식들은 거의가 성인이 되어 독립한 상황이니까.

나는 친하게 지내는 친구들을 중심으로 만든 이 우정의 서클에 특별한 애정을 갖는다. 같은 파리 하늘에 살지만 거의가 아직도 일을 하고 있는 터여서 아주 자주 만나기는 어렵다. 그래도 일 년에 구정, 추석, 봄소풍 및 여름

피크닉은 어김없이 함께하고 이외에도 내가 언제 한번 모이자 하면, 우리 집이나 또는 친구들 중 하나가 자기 집에 초대하고 싶다고 하면, 각자 잘하는 음식 하나씩을 뚝딱 만들어 들고 가서 함께 나누어 먹으면서 놀다 온다. 어쨌든 대부분 모임의 시도는 내가 한다.

언제부터인지 모르게 노래를 좋아하는 나를 발견하기도 했다. 요리를 하거나 샤워를 할 때와 같이 조금의 여유라도 생기면 늘 라디오로 프랑스 가요를 듣는다. 그러니 지나간 유행가나 새로 나온 곡이나 거의 모르는 게 없을 정도이다. 비록 제목과 가사와 가수 이름들을 일일이 외우지는 못하지만. 노래를 듣는 것은 물론 노래를 직접 부르고 춤을 추는 것도 좋아한다. 노래를 잘 부르지도 못하고 춤을 폼나게 추는 것도 아니지만, 그래서 친구들이 놀리기도 하지만, 그냥 그러고 싶은 흥이 내 안에 있는 것 같다. 그리고 무엇보다도 노래하고 춤을 추면 스트레스가 풀리고 정신노동으로 복잡해진 머리가 맑아지는 기분이 들기 때문이기도 하다. 그러니 나는 모일 기회가 있을 때마다 가라오케도 하자고 늘 제의하곤 한다. 이때 가라오케의 주메뉴는 한국의 7080 팝송들이다.

다행히도 친구 대부분이 가라오케를 싫어하는 편은

아니다. 나만큼이나 가라오케를 좋아하고 나보다 훨씬 춤
도 잘 추고 노래도 잘하는 친구가 있고, 나보다 더 팬이어
서 한국에서 아예 가라오케 기계를 사 가지고 와서 집에
서 가끔 혼자 노래 연습을 하는 친구도 있다. 코로나 시대
이전에는 이 친구 집에 자주 모여서 가라오케를 했는데,
전염병 확산 이후로는 가라오케를 위한 모임은 뜸해졌고,
대신 추석이나 구정 모임을 할 때 이 친구가 가라오케 기
계를 들고 다니면서 모임이 있는 집의 텔레비전에 연결해
서 노래하고 춤을 추며 즐거운 시간을 보낸다.

그렇다고 모일 때마다 반드시 가라오케를 하는 것은
아니다. 어떤 친구 집에는 자쿠지가 있어서 날씨가 좋으
면 수영복을 가지고 가 자쿠지를 즐기기도 하고, 어떤 친
구 집에서는 숯불 바비큐를 해 먹기도 한다.

살아생전 명예와 부와 권력을 모두 가졌던 이어령 선
생이 생의 마지막에 남긴 한 구절이 마음에 와닿는다. "친
구가 없는 삶은 실패한 인생이다." 남들의 눈에는 성공한
사람처럼 보이지만 사실상 아무런 이해관계 없이 편하게
만나 커피를 마시며 수다를 떨 수 있는 친구 한 명이 없는
자신의 삶은 외로웠고 실패했다고 하셨다. 참으로 맞는
말씀이다. 다행히도 나는 이 원리를 좀 더 일찍 깨달을 수

있어서 얼마나 행복한지 모른다. 나는 내 생의 마지막에 가서 내 인생을 실패했다고 말할 일은 결코 없을 것이다 (웃음).

명예나 권력이 가져다주는 기쁨은 잠시이고 지나가버리는 것이지만, 오랜 시간에 걸쳐 가꾸어온 우정이 주는 즐거움은 지속적으로 반복된다. 시기와 질투가 없는 우정. 이해타산 관계가 아닌 우정. 만나면 반갑고 편안하고 시시껄렁한 농담을 주고받으며 깔깔거리고 웃을 수 있는 우정. 그런 우정을 쌓아왔다고 자부할 수 있어 행복하다.

우리는 모두 시시포스의 후손들

산다는 것은 무엇일까?

그저 날이 밝으면 침대에서 일어나 아침 먹고 지하철 타고 직장 가서 일하고, 해가 지면 귀가해서 저녁 먹고 다시 잠자리에 들고, 즉 먹고 일하고 자고……. 프랑스인들은 이러한 일상의 반복을 비꼬아 메트로(지하철)–불로(일)–도도(잠)라고 표현한다. 이렇듯 우리의 삶은 멈추지 않고 끊임없이 되풀이해서 돌아가는 하나의 거대한 수레바퀴와도 같다고나 할까. 아무도 그 수레바퀴의 틀 속에서 빠져나올 수 없으며 그것을 멈출 수도 없다. 생명이 붙어 있는 한, 우리는 죽이 되든 밥이 되든 어쩔 수 없이 그 수레바퀴 안에서 함께 돌아가도록 예정된 것이다. 마치 시시포스가 언제나처럼 다시 굴러 떨어지는 커다란 바위 덩어리를 되풀이해서 산꼭대기로 밀어 올리는 형벌을 선고받은 것처럼.

신들은 아무 소용도 희망도 없는 일을 하는 것보다 더

가혹한 벌은 없다고 생각하여 시시포스에게 이 벌을 내렸다. 일그러진 얼굴과 후들거리는 팔다리로 안간힘을 쓰며 무거운 돌덩어리를 겨우겨우 산꼭대기까지 굴려 올리면 그것은 다시 산 아래로 굴러떨어지고 만다. 그때 이 광경을 바라보고 있는 시시포스의 심정을 상상해보라. 얼마나 비극적인 고통인가. 그러나 이것이 비극적이고 고통스럽다는 것은 바로 시시포스 그 자신이 이를 의식하기 때문이다. 아무리 굴려 올려도 또다시 굴러떨어질 게 뻔한 아무 소용도 희망도 없는 작업이라는 것을 너무도 잘 알고 있는 그의 선견지명 때문에 그는 괴로운 것이다.

산을 내려오면서 시시포스는 너무도 고통스럽다. 더욱이 그의 세상살이 추억들과 행복에 대한 욕구가 솟아오를 때는 더욱 슬퍼진다. 그러나 그는 이 고통과 슬픔이 언제까지나 자신을 지배하고 잠식하도록 내버려두지 않는다. 어느 한순간 그는 상황을 뒤집어 자신의 고통을 조용히 응시하면서 오히려 기쁨을 맛본다. 이 얼마나 아이러니컬한 역설의 마법인가! 그는 갑자기 신을 경멸하여 몰아내고 자신이 모든 것의 주인이라고 판단한다. 운명도 자기 것이요 바윗덩이도 자기 것이요, 자신을 지배하는 어떤 우월한 존재도 없다고 판단한다. 신을 거부함으로써 더 이상 신의 명령에 의해서가 아닌 자신의 의지에 따라 정상을 향해 도전하는 시시포스는 이제 행복한 것이다, 라고 프랑스 작가 카뮈는 말한다.

우리는 시시포스의 후손들이다. 오늘 아무리 어렵고 힘든 문제를 해결했다 하더라도 곧이어 또다시 새로운 문제에 봉착하고야 마는 우리 인간의 삶은 부조리하기 짝이 없다. 이 사실을 의식한다면 처음 시시포스가 그랬듯이 우리의 삶은 결국 비극적이다. 어쩌면 이 세상은 어떤 희망이나 진리의 출구도 없이 영원히 제자리걸음으로 돌아가도록 운명 지워져 있는지도 모른다. 그러기에 우리가 찾고자 하는 진리는 영원히 우리의 손에 잡히지 않는 무지개와 같은 것임을 본다. 우리가 아무리 발버둥 쳐도 우리는 이 부조리한 인간 세계를 벗어날 수 없다. 거기에 우리 인간의 비극과 고통이 있다.

그러나 카뮈의 시시포스가 해냈던 것처럼, 우리 역시 이 비극과 고통을 우리 삶의 일부로 받아들이고 그것을 과대 포장하는 대신에 행복의 기회로 바꿀 수 있다면 어떨까? 주어진 운명에 복종하지 않고 스스로 주인이 되어 자신의 운명을 개척해나갈 수 있다면? 영원히 이르지 못할 진리의 출구에 도달하는 것이 목적이 아니라 그것을 향해 투쟁하고 도전하는 과정 그 자체에 의미를 둘 수 있다면 어떨까?

그렇게 할 수만 있다면 우리는 굳이 불가능한 신 혹은 진리의 세계를 넘보며 비통해하지 않아도 될 것이다. 반면, 인간 세계의 부조리함을 받아들이는 선견지명과 함께 우리는 고통과 희망, 슬픔과 기쁨이 교차하는 우리 나름의 세계, 즉 너무도 인간적인 세계, 인간적인 삶을 긍정적으로 받아들일 수 있지 않을까. 이는 중국 고사에 나오는 '인생지사 새옹지마'와 일맥상통하기도 한다. 법륜스님이 이 고사성어를 예로 들어 자주 하시는 말씀처럼, 인생이란 지금 좋다고 해서 좋은 게 아니고 지금 나쁘다고 해서 반드시 나쁜 게 아니다. 우리의 기대와 의지대로 되지 않았다고 해서 그리 슬퍼하거나 절망할 일도 아니고 또 원하는 바가 이루어졌다고 해서 그리 좋아하고 환호성을 지를 일도 아니라는 말이다. 지나고 보면 실망하고 좋지 않았던 일이 오히려 삶을 보다 나은 방향으로 이끄는 계기가 되고 원하는 대로 되어서 기뻐했던 일이 불행을 좌초하게 되는 경우를 우리는 종종 봐오지 않는가.

나는 현자들이 일찍이 깨달은 이 인생 철학의 깊은 묘미를 알지 못한 채 젊은 시절을 살았다. 그러나 깊은 묘미까지는 아니더라도 그 어렴풋한 싹이 일찍부터 내 안에서 자라고 있었는지도 몰랐다. 그랬기에 지금까지 운명에 복종하는 삶이 아닌 내가 주인인 삶을 살아왔지 않았을까. 만약 좀 더 일찍 이 삶의 원리를 알았더라면, 순간순간 내가 앓았던 많은 고통과 좌절과 절망을 좀 더 가볍게 넘기지 않았을까.

그러나 우리네 일상에서 일어나는 희비애락에 집착하지 않고 초연해지기란, 또한 시시포스가 그랬던 것처럼 자신의 악조건을 행복의 조건으로 만든다는 게 말이 쉽지 실천에 이르기에는 어려운 과제임을 나는 안다. 다만 끊임없이 의식하고 연습할 뿐.

두서없이 쓴 나의 글을 끝까지 읽어주신 독자께 감사드리고 혹여 나의 글이 인생사의 중요한 선택을 앞두고 갈등하는 이들에게 어렵더라도 자신이 좋아하고 원하는 길을 가도록 조금이라도 용기를 준다면 더 바랄 게 없다. 행여 어려움이나 불행한 일이 생기면 우리는 모두 시시포스의 후손이라는 사실을 떠올리며 행복해하는 시시포스를 상상하길 바란다.

끝으로 나의 두서없는 글들의 출판을 허락해준 자음과모음의 정은영 대표님과 이들을 한 권의 책이 되게 만들어준 최찬미 편집자님께 깊은 감사를 드린다.

나는 파리의
한국문학 전도사

ⓒ 임영희, 2024

초판 1쇄 인쇄일   2024년 12월 11일
초판 1쇄 발행일   2024년 12월 19일

지은이   임영희
펴낸이   정은영
편집   최찬미 방지민 장혜리
디자인   박정은
마케팅   최금순 이언영 연병선 송의정
제작   홍동근

펴낸곳   (주)자음과모음
출판등록 2001년 11월 28일 제2001-000259호
주소   10881 경기도 파주시 회동길 325-20
전화   편집부 (02)324-2347 경영지원부 (02)325-6047
팩스   편집부 (02)324-2348 경영지원부 (02)2648-1311
이메일   munhak@jamobook.com

ISBN 978-89-544-5229-8 (03810)

잘못된 책은 교환해 드립니다.
이 책의 판권은 지은이와 (주)자음과모음에 있습니다.
이 책 내용의 전부 또는 일부를 사용하려면 반드시 양측의 서면 동의를 받아야 합니다.